岩田芳子

古代における表現の方法

塙書房刊

日本女子大学叢書　19

目次

目　次

古代における表現の方法

序章

一　古代における「もの」の表現性

古代の神話や伝説における「もの」の機能や質の表現性はいかなるものであったのであろうか。神話や伝説における「もの」の表現には、「もの」の機能と質に託された古代的な発想―それはむしろ神話的な発想といえる―に基づく了解が窺える。それは神話や伝説の内部に存して、『古事記』『日本書紀』『風土記』において、文章として書かれてあると考えられる。

本書は、こうした作品における「もの」を扱う文章による表現を分析することによって、古代における「もの」の機能と質を理解し、神話や伝説の内部に存する神話的な発想を明らかにすると共に、それらの歴史的社会的な状況における変化をも把握することを目的とする。

『古事記』『日本書紀』『風土記』といった作品に表われる「もの」の表現を分析することは、古代の文学における発想と表現の方法を考察することに他ならない。言い換えれば、文学における古代的な発想とその表現手法を探ることである。

作品に記された文章に表われる「もの」の機能と質を語る場合、「もの」の扱いに当時の現実的な生活の基盤があったことは言うまでも無い。そして古代におけるその現実的な生活の基層は、当時の呪的発想や判断を生活の規範とする民俗的発想に基づく民俗的営為を継承することによって形成されていたと推測される。それ故に「もの」の表現に、古代の民俗的な営為を理解しうると考えられるのである。それは法治国家として、律令体制が整った時代においてもなお、遠い時間からの複層的な記憶として残っていたことを考えさせる。作品に記された文章はそうした古代的な発想に基づく要素を包括的に含んで、上代以前からの時間を含み持つ「もの」にその機能と質を表現している場合がある。

実体として存在した「もの」を扱う表現には、現実的な生活の基層にある古代の民俗的営為が神話・伝説としての文学的な表現へと至るその手法を、より明確に分析しうると考えられる。本書が、「もの」の表現を考察の対象として、その手法について精査する所以である。なお、「もの」とは、自然物なども含む広い意味で、形ある物体・物品一般をさして言うが、本書では、道具としての機能を有する「もの」を対象とする。

生活の中で道具としてある「もの」が、神話や伝説においてある特定の扱いを受ける場合がある。そこでの「もの」の機能と質が注目される。そこに窺われる古代的な発想に基づく神話的な了解は作品の文章中に直截に記されることは少ない。漢字或いは漢文で記された文章の分析を通して、「もの」の機能と質に聯想、或いは類感される事柄とそこに抽出される意味を見出し、かつその意味の精査という文学研究としての方法が求められる。文章表現としてある「もの」は、当時の民俗的営為を反映していると考えられるが、それは生活の実態における「もの」の機能や質に対する把握のみならず、そこから抽出される意味に対する理解を経ているのである。

「もの」が内包する機能と質には、道具という枠を超えた意味がさまざまに見られることがあり、そのあり方は時代や状況に応じて変化する。神話や伝説を構成する一部として、つまり表現の一部として「もの」が表われる場合、それは「もの」の有するさまざまな機能や質の一部を限定的に把握して、ある限定された意味を掬い取っていると考えられる。ただし、文学としての表現において、「もの」の限定された意味が扱われるためには、生活の中で漠然と存在する「もの」の機能と質に包含される意味が人々に把握されて、意識の俎上にあげられ、共有され、さらに了解される段階を経ている必要がある。さらに文章を製作する段階では、述作者によって改めてその限定された意味が認識されていなければならない。述作者の認識によって、「もの」を文脈に即した表現として表わすための手法がそこに存したと考えられる。

このような文学的表現の成立過程を想定すると、作品のそれぞれに見られる類似の神話や伝説に表現の相違がある場合、それらが表記の段階、語彙の段階、文脈上の段階、さらには書写の段階など、どのような段階での相違であるかを見極めるだけでなく、それらが作品それぞれの意図的な手法による表現であり、文学的表現としての展開であることへの予見を持ち得る。

作品に表われる「もの」の意味が文学的表現を成立させるとき、それはある表象として示され得る場合がある。それは文学的表現の成立過程において基層としてある民俗的営為に存する広がりのそのままに在るのではない。ただし、基層に対する理解、表現へと至る手法を考察するためには、古代におけるその広がりについても見ておく必要がある。ある「もの」が当時、どのような存在形態を有し、さらにそれが生活の中でどのように扱われ、その機能や質を把握されていたか、ということについては、前者は考古学における成果の活用、後者は民俗学的な視点によって捉えることができると予想される。

考古学的な成果は「もの」の現実的具体的な把握だけで無く、そこに民俗的営為の関わりをも予想させる場合が多い。しかし、たとえば考古学の成果から古代における「もの」の使用実態を知り、民俗学的な方法によって当時の生活の実態の概観を見渡したとしても、それを無批判に利用するだけでは、文学として解釈する方法としては充分とはいえない。基層に広がる民俗的営為が表現性を持つためにも、文学的な方法が介在したと考えられるからである。当時の生活の実態における「もの」の利用を考慮しつつ、表現を分析してはじめて「もの」の機能や質に意味が見出され、表現性を持ってゆく過程が明らかになると考えられる。表現を分析する手掛かりとして、民俗学的な方法をいわば有機的に取り入れることは、表現としてあらわれる「もの」が文脈においてどのような意味を持ち得ているのかを考える上で有効であろう。

古代の文学研究と民俗学との接点は、高木敏雄氏による日本の神話・伝説の研究や、折口信夫氏が古代文学研究の分野に民俗学的方法を導入して、その発生を探る方法を提唱、実践したのを端緒として、進められてきた。いずれも民俗学的な側面の強い分野ではあるが、その成果が古代文学研究にも少なからず影響を与えていることは言うまでもない。

民俗学における「もの」に関する研究は、民具の研究[1]にはじまり、近年では「人間が歩んできた生活の営みを、『もの』や自然とのかかわりにおいて掘り下げ、解説する」ことを目的に編まれた〈ものと人間の文化史〉のシリーズ[2]がある。一方で、すでに『萬葉集』の研究において、文学研究における民俗学的視点の利用という方面から整理されている。それを紹介したい。

上野誠氏は、『万葉民俗学を学ぶ人のために』[3]に「万葉民俗学の可能性を探る」と題した序文を寄せている。

そこでは「万葉民俗学」と「万葉の民俗学的研究」の相違を捉え、前者は「表現から、当時の生活の歴史を研究する」こと、後者は「生活の歴史から、歌の表現を研究する」こと、と整理され、両者の「往復作業によって、歌と生活の歴史とを有機的かつ立体的にとらえることが、できるようになる」とされている。

「万葉民俗学」という枠組みには、中山太郎氏の『萬葉集の民俗学的研究』(4)や桜井満氏の『萬葉集』に関わる一連の研究も入れられよう。「万葉の民俗学的研究」については、まとまったものとしては例えば折口信夫氏の『口譯萬葉集』(5)などが挙げられるが、文学研究においては、歌の理解をするために様々なレベルで民俗学的な視点が活用されているというのが実態であろう。両立場はここで互いに交差しつつ、民俗の理解と作品の理解とで相対しているように見える。

ただし、文学研究における民俗学的視点の活用は、文脈に即した表現の解釈にそって自覚的に行われているとは、必ずしも言い難いのではないだろうか。表現は、基層に広がる民俗的営為と偶発的に関係を持つのではない。民俗的営為から表現へと至る過程には、何らかの意味を表象する意図とそのための方法が存したであろう。特に古代の神話・伝説とその内部に存する神話的発想への了解、そこに生じる意味との繫がりは、ことばが独自の世界を構築してゆくようになる歌以上に強固であると考えられる。その意味が「もの」に表象され、表現として形成される過程を、民俗学的視点も取り入れつつ、作品の表現を分析することによって明らかにしてゆく。その成果としては、文学研究において古代的な発想や表現方法に、より即した解釈の発展が見込まれる。

二　方法と見通し

本書の具体的な方法と見通しについて述べておきたい。本書では、主に『古事記』『日本書紀』『風土記』における神話・伝説から、そこにあらわれる「もの」として、「杖」「剣」「針」「鉤」を取りあげた。いずれも真直な形状の「もの」であり道具としての機能と質を持つという共通性だけでなく、神話や伝説においてそれらの「もの」が独自の位置づけを持つように見えるからである。

神話や伝説ということについて、たとえば、一般に『古事記』は上巻を神代、中巻を神と天皇の代、下巻を天皇の代と理解されるのに対し、村上桃子氏は、『古事記の構想と神話論的主題』[6]で、エリアーデ、オットー、カッシーラーらによる神話研究を踏まえて、「神話は歴史の前提なのである。古事記の歴史性は神話であることを根拠にもち、それを三巻構成の中に示している」（「序章　神話の風景」）とし、『古事記』全体を神話論的構想として捉えるとともに、各巻がどのような意図と方法において分けられているかを論じる。氏の構成論は、神話的要素に視点を移して一旦構成の問題を離れ、各伝承がその内部に包含する要素の問題として捉え直したとき、伝承の内部に神話的要素が含まれていることを考えさせる。そして、それは『日本書紀』や『風土記』に記される伝承にも見出される可能性を持つ。歴代天皇の時代のこととして『古事記』『日本書紀』『風土記』に記される伝承が、神話的要素を有するのであれば、それを神話ではなくその天皇の時代の話としてあらしめる要素が何であるのかということもまた、問題となろう。本書は、『古事記』『日本書紀』『風土記』に記されるそうした伝承を伝説と位置づける。

民俗学における伝説の研究について、関敬吾氏はそれがいかになされるべきかを次のように述べている。

…我々の伝説研究はあくまで民俗学の一領域としての研究であって、その主なる目的はいうまでもなく伝説の背後であって、伝説を作りだすところのものに向けられなければならない。これを明らかにすることによって、伝説そのものの発展段階を問題にしなければならない。我が国の伝説は極めて多いが、しかし、これを作り出した背景となる信仰の形態は或いは少数のものに要約することができるであろう。これを明らかにすることによって、第二の課題として伝説そのものの歴史も明らかにされるであろう（「伝説研究のために」）[7]

そして、「伝説を作り出した背景・基盤」を明らかにすることが民俗学における伝説研究の目的であるとする。氏の提言は、柳田国男氏が「我々にとつて最も大切なことは、この勘定も出来ぬほど遠い先祖の代から土地毎に語り伝へ信じ切つて居た古事が、本来は如何なる種類の真実を、保存して居たのであつたかを見出すこと」[8]とする考え方に基づくと見られるが、関氏がそれを改めて「あくまで民俗研究の一領域としての研究」と明示することは、注意される。そこで見出されるものは、先に示した、記された伝説の基層に属するものである。「もの」の実態という伝説の基盤以上を支える要素を持つ。民俗学において「伝説そのものの発展段階」が研究の俎上に挙げられるとすれば、文学においては、述べてきたとおり、その段階に応じた表現のあり方が問題とされなければならない。同様の意識は、神話を文学的に解釈する場合にも求められよう。

考察の対象とした「もの」のうち、「鉤」は真直な「もの」ではないが、取り上げた神功皇后の年魚釣り譚では「針」を変形させて「鉤」を作成したとある。真直な「もの」の変形であり、それに対する考察の方法は本書にとって重要な位置を占め得るため、ここにおさめた。古来、類似する形状の「もの」は類似する所作において扱われ、またそうした「もの」には類似の聯想が働く傾向が見られる。そのため、「もの」の形状を限定することによって、それぞれの「もの」のあり方が明確化すると考えられるのである。真直な形状の「もの」は、そうした要素が強くあらわれるもののひとつであるといえる。今回取り上げた真直な形状の「もの」は、いずれも使用する時に「刺す」「立てる」といった動作が伴い、また、そこには、蛇（龍）、雷、樹木など共通のものが聯想され得る。しかし当然ながら、同じ表現性を持つわけではない。

例えば「杖」は、一見変哲のない棒状の「もの」に過ぎない。ただの一本の棒であっても、それを人が衝いて歩くことによって「杖」であると認識される。さらに、それを刺し立てる行為には、「杖」の実用的な側面とは異なるあり方が把握されたと考えられる。また、「剣」はその道具としてのあり方に殺傷する機能を有している。対象の生死にも関わる機能には、潜在的な部分で霊威が感じられたであろう。「剣」の機能と質への把握のあり方は一層複雑化し、深まったであろうと予想される。

それぞれの「もの」の機能と質への理解から導かれる固有の意味と展開について、古代人がそれらをどのように把握し、文学的表現として、文章化された神話や伝説へと発展させていったのか、こうした「もの」を、ひとつずつ検討してゆくことは、その形成のあり方をそれぞれの「もの」ごとに浮かび上がらせると考えられる。そのための方法として、各神話・伝説を比較検討することは、本書において有効である。

比較検討する方法には次の二つが考えられる。

○同一の「もの」を扱う各神話や伝説間における「もの」の比較

○類似する内容や型をもつ神話や伝説そのものの比較

前者は、各神話や伝説から、「もの」の機能や質のありようを見ることで、古代におけるその展開を検討する。文学表現としての「もの」に見られていた機能や質の把握は、神話や伝説が想定する時代や空間に即して行われるが、それぞれの内容の比較によって個々の手法を浮かび上がらせる。後者は、同時代に類似の神話・伝説が存在する場合、比較することで、それらの伝承の発展段階が整理され、そこに個々の表現の特徴を見出すことができると考えられる。特に、類似の伝承が『古事記』『日本書紀』『風土記』『萬葉集』それぞれに亙る場合、各書の記載意図とも関連した検討が可能である。

この二つの方法は、取り上げる神話・伝説の内容に応じて相互に行う。ただし、こうした比較は本書の場合、各表現の方法を探るための有効な手段の一つなのであって、考察の目的がそれぞれの伝承における諸要素間の関係を明らかにすることではないことを付言しておきたい。

最後に、本書の構成について触れておきたい。

第一章では、本書の考察において基礎となる方法として「もの」の機能や質を通して、表象する方法のあり方を「杖」と「剣」を対象に考察する五編の論をおさめた。

「第一節　杖考」では、神話と伝説にさまざまに伝承される「杖」の検討により、最終的に『常陸国風土記』の境界にたてられる「標《しめ》の梲《うだち》」という表現がその理解の広がりの先に位置づけられることを考察する。

「第二節　剣考(1)」では「剣」をめぐる神話と伝説をとおして、潜在的に霊的な質を把握される「もの」への理解とその展開について考察する。「『古事記』建御雷神の神話」では、その所有するところの「剣」が神の性質とどのように関わり合うか、『古事記』の理解を中心に論述する。また、「『古事記』倭建命の「御刀」」では、倭建命の持つ二つの「御刀」が『古事記』の方法としてどのように対比されてあるかを考察する。

「第三節　剣考(2)」では、「第二節　剣考(1)」で霊的な質の見られる「剣」の検討を行うのに対して、そうした質の見出されない「剣」について、伝説と萬葉歌を取り上げて考察する。「『播磨国風土記』異剣伝説」では、地誌である『播磨国風土記』において、一地域に保管されてある霊威を持たない「剣」の伝承を記述するためにどのような方法が模索されているかについて検討する。また、「『萬葉集』「境部王詠二数種物一歌一首」」は、検討対象自体は神話・伝説ではないが、神話や伝説における剣・刀の把握が、漢籍等の影響を通して新たな表現性を持ちえていると考えられるため、「剣考(2)」に収めた。『萬葉集』における「剣刀」の表現の検討を通して、当該歌の戯れ歌としてのあり方を探る。

また、第二章では「もの」の機能や質に類感するあり方とその表現方法について「針」と「鉤」を対象にする三編をおさめた。「針」をめぐる伝説について、苧環型とされる説話のなかで、もっとも古いものとされる三輪山伝説と弟日姫子譚を取り上げ、古代の苧環型説話における表現の手法とその展開について論じる。三輪山伝説は「針」の機能と質に託された古代の神話的な発想への了解が、表現の方法にいかに取りこまれているかを検討する。弟日姫子譚には「針」に関する記述は見えないが、「針」が重要な意味を持つ三輪山伝説に類似する苧環型の伝説の表現方法を検討することで、三輪山伝説の特色を明らかにするために第二章第一節に収める。

第二節の「年魚釣り譚」は、『肥前国風土記』と『古事記』『日本書紀』の三書に記載されていることから、

『肥前国風土記』の伝承の記述方法を探ることを目的に、「鉤」に対する理解について比較検討を行う。伝承の記載は、それが行われるとき、文献の要請に応じて内容と表現の工夫が為され、作品の一部として残ると考えられる。それは、記載された伝承の記述態度、即ち表現の方法の問題として捉えられる。『肥前国風土記』の伝承を伝える態度とその方法について検討する。

最後に第一章及び第二章における表現の特色と変化について終章にまとめた。

注

（1）民具の分野においては渋沢敬三氏の研究（『民具蒐集調査要項』ほか）が嚆矢とされる。

（2）解説は平成二二年九月～一一月開催（於 千代田図書館）「《ものと人間の文化史》一五〇タイトル展」の概要による。シリーズは既刊（平成二八年一一月現在）一七八タイトル、以下継続中。法政大学出版局。

（3）上野誠・大石泰夫編、世界思想社、平成一五年

（4）桜倉出版（のちパルトス社）、昭和三七年

（5）文会堂書店、大正五―六年（のち『折口信夫全集』（中央公論社）第四・五巻所収）

（6）塙書房、平成二五年

（7）『関敬吾著作集』3、初出は『民間伝承』一四―三、昭和二五年三月

（8）「傳說」『定本　柳田國男集』第五巻、筑摩書房、昭和五六年、初出は昭和一五年、岩波書店

第一章　「もの」の表象性と表現方法

第一節　杖考

『常陸国風土記』夜刀神伝承

1　はじめに—杖の古代と現代、機能と意味—

杖は身体を支えるという実用的な側面において、古代から現代に至るまで変わらない機能を有している。「杖をつく」という表現に明示されるようにその目的が歩行補助にあることは現代においても一般的であるように思われる。しかし上代の伝承にあらわれる杖は必ずしもそうした実用的側面においてのみ用いられていない。上代の伝承において神や天皇が「杖をつく」場合には国占めや政権と関わって記録されていることが多く、道具としての実用性への興味は薄いように見える。

現代と古代に対比されるこうした様相からは、時代や場によって杖に対する把握のあり方が変遷していること、普遍的に単純な外形に比し、その内的性格、即ちその意味は状況の変化に応じて広がりをもつことが考えられる。小稿では『常陸国風土記』に見える夜刀神に関係する伝承を中心に杖の意味の変遷に焦点をあててその古代性を探りたい。

古老曰、石村玉穂宮大八洲馭天皇世有㆑人。箭括氏麻多智。献㆓自㆑郡西谷之葦原墾闢新治田㆒。此時、夜刀神、相群引率、悉尽到来、左右防障、勿二令耕レ佃一。〈俗云、謂レ蛇為二夜刀神一。其形、蛇身頭角。率引免レ難時、有二見人一者破二滅門一、子孫不レ継。凡、地郡側郊原甚多所レ住之。〉於レ是、麻多智大起二怒情一、着二被甲鎧一之、自身執レ仗、打殺駈逐。乃至二山口一、標梲置二堺堀一、告二夜刀神一云、「自レ此以上、聴レ為二神地一。自レ此以下、須レ作二人田一。自レ今以後、吾、為二神祝一、永代敬祭。冀、勿レ祟、勿レ恨」設レ社初祭者。即還、発二耕田一十町余一、麻多智子孫、相承致レ祭、至レ今不レ絶。（『常陸国風土記』行方郡）

右は、夜刀神伝承と呼ばれる、「古老」に託して語られた祭祀の起源譚である。箭括氏麻多智が異形の蛇神である夜刀神の棲まう葦原を開墾しようとして、妨害に入る夜刀神に武力で応戦し、これを鎮めて互いの生活圏の堺を定める。それは禁止の呪言と「標の梲」を用いて行われたとされる。当該伝承における「梲」は「杖」の性質をもつという解釈が一般的である。そこで、「梲」の中にあるとされる「杖」のあり方を明確にし、それが古代の「杖」の質においてどのように位置づけられるかを中心に考察を試みたい。

2　標―標の義、梲の義―

まず「梲」に関する問題について見ておきたい。「梲」の効果を説明する「標」は、近年の諸注に「シルシ」、「シメ」[1]などと訓まれ、また『類聚名義抄』（観智院本）には「サカヒ」とあって境界性を含む語である。「梲」が置かれた「山口」[2]は、祀られる山中の神との交渉を可能にする境界地である。「標の梲」は、「堺堀」としてすでに区切られている場所に、「置」とされている。「置」は、『毛詩』「商頌・那」に「猗与那与。置二我鞉鼓一」とあり、鄭箋に「置読曰レ植。植二鞉鼓一者、為レ楹貫而樹レ之」とあることから、物を据えて固定させ、たてることであると考えられ、『類聚名義抄』（観智院本）に「置　今正、陟史反　立　オク」とあるのに通じる。伝承では「梲」が「標」として据えられ、固定された状況と理解されるため、「置」は「オク」と訓んでも、設置する意である。

目的をもって設置される「シルシ」と「シメ」(3)はどちらも標識として成り立ちうるが、後者が「シメナハ」「シメサス」など土地と密接に関わって占有を行う、結界性を伴う呪性の強いものである（「立標、標読二師米一」倭名抄（十巻本））のに対して、前者は「引馬野ににほふ榛原入り乱れ衣にほはせ多鼻能知師尓《たびのしるしに》」（『萬葉集』巻一・五七、長忌寸意吉麻呂）で「旅のあかし」(4)の意をもつように、あることの視覚的証拠としての性質を強く示すと考えられる。

「標」の字義は『広雅』釈詁四に「著也」、晉・孫綽〈興公〉「遊二天台山一賦」「赤城霞起而建レ標、瀑布飛流以界レ道」（『文選』巻十一）の李善注に「建レ標立レ物、以為二之表識一也」とあるように、広義に「あらわす」意をもつ。『萬葉集』巻九・一八〇九、菟原娘子の歌に、娘子の墓を「永代尓標将レ為跡」と歌う、その訓を契沖が「ナガキヨニシルシニセムト」とするように、(5)「標」には「シルシ」としての質が認められる。その判別は目的や視点の相違によってなされたであろう。当該伝承において「堺」は聖地（山）と俗地（開墾地）を分かつものとしてすでに定められており、山を禁足地として位置づけるためにそこへ「梲」を据えるのである。とすれば、この場合、「梲」は「置」かれることによって双方向からの出入りが規制されることを標示するばかりでなく、それは実際に有効に機能する結界性を有している「もの」として見られていると考えられる。「標の梲」が結界の目的に用いられている呪術性をもった標識であるという視点からすると、その質は「シルシ」よりも「シメ」に近いと考えられる。

「棁」は、諸本に「捝」と見え、字義は「うつ」（打ち据える意を含む）であるが、「棁」と通用することから、日本古典文学大系『風土記』の校訂「棁」に従う。「棁」は『説文解字』に「棁　木杖也、従レ木兌声」とあることからすれば、古くから「つゑ」の意があったと考えられる。ところが、「棁」の字を当該の例の他に、「つゑ」の意で用いた例は記紀、『萬葉集』などにみえない。『新撰字鏡』（天治本）にも「棁　最悦徒枯他活三反、易真也、小短柱也、宇太知」とあって、梁の上に立てて棟木を支える短い柱状のものをいい、「ウダチ」と訓んでいる。『類聚名義抄』（観智院本）にも「棁　士没反、又音拙、掇反（也）、ウダチ、徒枯他枯二反」とある。いずれも「ウダチ」の訓のみを残している。ただし『篆隷萬象名義』には、「棁　徒栝反、棳也、木也、枝正直也」と見え、木製の曲がりのないものを指す。なお、二つの義の反切との関係は、『広韻』によれば、「棁　他骨切、大杖也」（入声没韻）、「棁　他括切、大棒亦木棁」（同末韻）、「棁　職悦切、梁上楹」（同薛韻）となり、トツ、タツの音で「ツヱ」を、セツの音で「ウダチ」を表わしている。「ウダチ」の方は『爾雅』（釈宮五）に「僔趨謂二之梁一、其上楹謂二之棁一」とあり、郭璞注に「朱儒柱也」とある。『倭名類聚抄』（十巻本）の「居処」にもこれが引かれ「宇太知」の訓がみえる。

当該伝承の「棁」を植垣節也氏は「ウダチ」と訓んで「建物の棟木を支える木か」[6]とされ、そこに依代と占有標識を見ている。石原憲治氏は信州、武州、上州の山地における農民建築に「棟持柱」をもつ構造があり、この柱は地上から通って棟木を支える大黒柱のことで、「ウダチ」「ウダツ」と呼ばれていたとされる。さらに、梁の上の柱である「棟束」は元来中国で用いられた建築様式であり、こうした構造をもたない日本において「棁」は

「棟持柱」を意味する「ウダチ（ウダツ）」と訓じられたとされる。[7]「棟持柱」をもつ農民建築は室町時代の遺構が残るが、[8]この「棟持柱」は伊勢神宮の様式にも見られる。ただしそれは神の依り憑く柱ではない。神宮においてその機能を持つ「心の柱」は新宮竣工後に床下に据えられる。[9]

「正倉院文書」に建築部材として「宇太知　二枝」〈「矢口公吉人文書」天平宝字五年十二月廿八日〉（『大日本古文書』四―五二八頁～五二九頁）、「宇立三枝」〈天平宝字六年正月十五日〉（同書十五―二二七頁）とあるが、割注に長さが六・七尺とあるため、これは「棟持柱」となるような長い柱ではなく、「棟束」に近いと考えられる。これらの記録類から、棟木を支える長短の柱を「ウダチ」と呼ぶことがあったと知ることができる。なお、柱の信仰は今も各地に残っている。古代においては神を迎える聖域及び依り憑く形代のみでも「社」は成立し、祀りが行われたとされるが、[10]石原氏の示されるように農民建築において「ウダチ」が大黒柱であったのなら、その柱が信仰の対象になったかもしれないことを推測できる。

しかし一方で「梲」の字義には「杖」の意が見え、「杖正直也」（『篆隷万象名義』）が示すように、言わば真直な形状の「枝」の存在を顕在化させている。「梲」を「つゑ」と訓じ、「杖」の機能と相似するものとして解する諸注は、その意味に従ったものと推測される。

さらにまた「杖」は建築物の柱とはその形状において類似しており、真直な形状の「枝」の利用ということが考えられるだろう。慎重に考えなければならないが、それは、使用状況、所有者、「標」という目的に関わる古代の「杖」の展開との繋がりを見ることで、明らかになると思われる。

3　杖―杖の義―

その形状や、支えるという働きにおいて柱と「杖」を近しい性質を有するものとする考え方がある。(11)

記紀風土記及び『萬葉集』における「梲」を含む「杖」の用例、全三十三例中、具体的な用法が明確に記されているのは、律令制度に関わる四例、身体を支える三例、印、鎮め、形見、御杖代がそれぞれ一例ずつで、全体の割合としては僅かである。所有者、用いられる状況は明示されてあるのにその働きは不明瞭なのである。古代の「杖」を知るには、伝承の状況に照らしてこの不明瞭な部分を見ていかなければならない。

「杖」の反切は『説文解字』に「従レ木丈聲」とあり、段玉裁の注に「直両切」と見える。大広益会『玉篇』には「杖　音杖」とされているが、「直両」の反切は『篆隷萬象名義』（高山寺本）及び『新撰字鏡』（天治本）に見える。『倭名類聚抄』（十巻本・二十巻本）「行旅具」には「四聲字苑云、杖、直両反、上聲之重、都恵」とあり、「チョウ」の音が考えられる。『類聚名義抄』（観智院本）にも「杖　ツヱ」とあり、ツヱは『萬葉集』に「多都可《たつか》豆恵《つゑ》」（手束杖）（5・八〇四）の例が見られる。

「杖」とは、『倭名類聚抄』（二十巻本）には前掲に続けて「以二竹木一為レ之所レ輔二老人一也」とある。身体を支え、助ける道具である。『類聚名義抄』（観智院本）にも「杖　ツヱ、ヨル、ツク、モツ」の訓が示されている。「支える」、周囲を「探る」、物を「打つ」といった機能は「杖」の主要な用途であり、「（老人を）輔く」とは道具としての波及効果である。

景行紀には「是国也、山高谷幽、翠嶺萬重、人倚レ杖難レ升。巌険磴紆、長峰数千、馬頓轡不レ進」（四十年是歳）といった例が見え、また『萬葉集』巻五には、山上憶良の「沈痾自哀文」に「懸レ布欲レ立、如二折レ翼之鳥一、倚レ杖且レ歩、比二跛レ足之驢一」、大伴家持の天平十九年二月二十九日大伴池主宛書簡に「難レ有二乗レ輿之感一、不レ耐二策レ杖之労一」（巻十七、三九六五～三九六七）などとあり、一般的な「杖」の利用が示される。

「倚レ杖」「策レ杖」といった例は、漢籍に「腰レ鎌刈二葵藿一　倚レ杖牧二雞豚一」（宋・鮑遠〈昭〉「楽府八首・東武吟」『文選』巻二八）、「登レ山遠望、覩二保柚一、以成レ憤策二杖広沢一、瞻二長波一以増レ悲」（晋・嵆茂齊「答趙景真書」『藝文類聚』別下）と見えるように、人がすがるものの意で用いられている。また『懐風藻』にも、釈智蔵「翫花鶯」に「桑門寡二言晤一　策レ杖事二迎逢一」、釈道慈「初春在二竹渓山寺一於二長王宅一宴追致レ辞　并序」に「策レ杖登二峻嶺一　披レ襟稟二和風一」とあって、詩文と通じる表現であると考えられる。ただし、これらの例の主眼は「杖」を用いることで聯想される空間の叙景、すなわち「杖」を突かねばならぬほどに難渋し、道が険しいことを示すことにある。

景行記の「自二其地一差少幸行、因二甚疲一、衝二御杖一稍歩。故号二其地一謂二杖衝坂一也」も「支え」に主眼を置く例と考えられる。しかし、これは先の三例とは質を異にしている。倭建命が伊吹山の神に惑わされた後、当芸野からの行程で疲労し「杖」を衝く場面であるこの例は、三重村へ至り死へと向う前段階的内容を持つ。ここで示される「御杖」は単に倭建命が疲労困憊している、その叙景的な様子を表すだけでなく、坂という場所性、地名起源伝承と直接的に関わっている。地名として強く結びつく点に「ツク」と衝かれる地との密接な関係があり、また、その地は境界性を有する坂であることに注目したい。倭建命の「杖」については、用法の内実をなお考える必要がある。

4　杖の質

大見山　所三以名二大見一、品太天皇、登二此山嶺一、望二覧四方一。故曰二大見一。御立之処、有二盤石一。高三尺許、長三丈許、広二丈許。其石面往々有二窪跡一。此名曰二御沓及御杖之処一。（『播磨国風土記』揖保郡）

品太（応神）天皇の国見に拠る地名起源譚である。『肥前国風土記』養父郡狭山郷条には景行天皇の国見の様子を「徘徊四望、四方分明」と記す。このように立ち回って見る行為は国見の一連としてあり、「往々」（『類聚名義抄』（観智院本）に「トコロ〳〵」と訓む）に残る窪みは、磐上を歩き回った跡と把握されている。ここで国見はただ佇って見るのではなく、至宝を望覧するために、具体的に歩行を伴っており、そしてその後の残る磐石は御沓処と称される。かつその地名には、伝承の中にはない「杖」の要素が「御沓処」として見えている。これらは一体で国見であった。

外面の世界と交感するために最も効果的な手段の一つに「接触」がある。対象の認定という観点からすれば、手で触ること、足で歩くこと、更に目で見ることは重要な基準を齎す。神話的世界において「見ゆ」とは、特に国見歌で「見れば…見ゆ」という形式をもち、国を見る資格を有する者が神話の世界を見通し、人々に祝福を与える構図をもつ。[12] 行為者の一方的な視線ではなく、まなざしは見る者と見られる土地との間に交感されるものである。その実質は対象の全面的な把握であり、その上での祝福である。触れることによっても対象と所有者は影響関係に置かれる。中でも形状や柔らかさ、温かさといった情報を得るのに触覚ほど優れた感覚は無いだろう。手触りから齎される情報によって、所有者は表面の感触以上に対象の状況を知り、判断しうるのである。土地の状態を判断できるということは、翻って土地の支配が可能であると感得することに他なるまい。では、そこに手が持つ「杖」で触れるとはどういうことなのであろうか。

「杖」は道具の一つである。道具は所有者の特殊技能や役割を象徴するものでもある。「杖」の場合、用途の事実としては足を補うが、このように触れることの内実に重点が置かれた時、それは手の特徴により傾いていると考えられる。従ってその場合、所有者と支配される土地との関係は、所有者が手に持つ「杖」を介在して接触がはかられる。「杖」は、手の延長線上にある道具として土地に接触することになる。所有者は「杖」を通して土地の感覚を得るのである。そこに手の延長として「杖」があり、所有者の特質は「杖」にも伝達されうると言える。

「杖」は老人や歩行を困難とする者、つまり一般的に社会的弱者として認識される人々や定住者から見れば異質である旅行者に持たれる。「杖」によって補助を必要とする、例えば老人などは一方で特殊な能力を持つ者として神のあり方と通じる。異質性のあらわれ方は様々であるが、ここで共通するのは「杖」によって地面と接触している姿である。それは身体を支える手の延長としての「杖」であり、言い換えれば、異常に長く延びた手が常時地面に触れているとも言いうる特殊性である。「杖」が身体の機能を補うことは用途の事実として明らかである。「支え」、「探る」道具であるその役割は、しかしそれだけと考えられていたのではあるまい。

景行記の倭建命の「杖」に窺えるように「杖」の内実は物理的な機能以上の意味をもつ。「杖」は状況に応じて対応する内実を有しており、身体の延長として手にしているという理解にその質は象徴されているのである。「杖」がそうした意味を有する前提に所有者とその特殊性の所以としての「杖」との一体性があり、しばしば土地の占有に関わる神や天皇の所有する「杖」がここに形成されると考えられる。

「杖」は手に持たれることが強調されて定義づけられているが、その先は、長く延びて土に接触するものであることも同時に見られなければならない。「杖」は手と土、ひいては身体と大地という二重の接触をもってそれらを繋げ、交感せしめる、いわば身体性を有した道具である。所有者はその交感を通して土地の内実を感得し、「ツク」という地面に向かう方向性によって、まさに占有するのである。

所㆔以号㆓意宇㆒者、国引坐八束水臣津野命詔、「八雲立出雲国者、狭布之稚国在哉。初国小所㆑作。故、将㆓作縫㆒」詔而、…（中略）…固堅立加志者、有㆓伯耆国㆒火神岳、是也。「今者国者引訖」詔而、意宇杜爾、御杖衝立而、「意恵」登詔。故云㆓意宇㆒。〈所㆑謂意宇社者、郡家東北辺、田中在塾、是也。周八歩許、其上有㆓一以茂㆒〉。

（『出雲国風土記』意宇郡）

中略の部分は離れた地域から八束水臣津野命が土地を引いて来るときの繰返しの詞章である。神の発した「意恵」という言葉は、『播磨国風土記』宍禾郡伊和村条に「伊和村…（中略）…又、云㆓於和村㆒。大神、国作訖以後云、『於和、等㆓於我美岐㆒』」とあり、大神が自身の醸した「美岐」と同じくらい上手くいったという言葉を引き出すために感動詞的に用いられる「於和」のあり方と重なる。「意恵」はこの「於和」と共に意味の失われた、しかし地名に用いられるほど重要な呪性を持ち、「吾御心、照明正真成」（『出雲国風土記』秋鹿郡多太郷）が祝福の呪言であり地名であることと同質であると考えられる。また、八束水臣津野命は「総記」に出雲国の命名者としても語られることから、各地域への巡行と祝福が背景に了解されていたと推測される。ここで「意恵」という呪言に加えて「杖」が用いられているのは、他の支配下にある土地を平定し、自らの支配下に安定を齎そうという期待によるものと考えられる。接触によって新しい土地の内なる地霊と交感し、掌握し、そしてそこに祝福を与える。それは同時に以前の支配者を鎮め、服属させ、場合によっては追い遣る行為でもあるため、鎮魂の要素も含まれているとしなければならない。「踏む」行為が後に中国における「反閇」という芸能と重なり、大地を踏んで鎮魂する「踏歌」の儀礼に発展した[13]とされることを考えると、国見で「踏む」と「つく」が同時的に伝承されていた内実に「感得」と「鎮魂」の記憶を見て取ることができる。国見で行われたとされる行為は巡行する神の土地占有の再演であったと考えられるのである。

神や天皇が各地域を巡って占有を行うとされていたことは、風土記に同一の神々が幾つもの地名起源の祖とされていることからも分かる。野田浩子氏は神の巡行とそれに代わる天皇の国見は一続きであるとされる。そしてその道行きは神が祝福した言葉が地名起源として意味を与えられていることからそこに「生産にかかわる人々」にとっての「巡り来ることの祝意」を受けた豊穣への祈りを見て取ることができるとされる。[14]「杖」は行旅に有用な道具であることからも巡行する者と一体にあると考えられ、それを用いて齎されるものは神の祝意に伴うものであった。

巡行することで神は直接祝福を与え、天皇は神の機能を継承する者として土地を劃定し、豊穣のための祝福を与える。それは「杖」を使用することでも行われたと考えられるだろう。そして「杖」をそのように使用できる者であることから、所有者は権力者たりえ、「杖」はその象徴たりうる。

土地占有を行う儀礼であることにおいて、「杖」を用いることは国占めの際、祝福を齎す行為の一部であったと考えられる。それは神の手によって具体的にも現れている。『播磨国風土記』揖保郡粒丘の伝承に韓国から来た天日槍命の力を脅威に感じた葦原志挙乎命が「湌《みをし》」して先に国占めを行い、その時「粒」が口から落ちたために粒丘とされた、という地名起源譚が見られるが、そこに「又、以レ杖刺レ地。即従二杖処一寒泉涌出。遂通二南北一。々寒南温。生二白朮一」と神の偉業としての湧水譚が記されている。湧水は祝福に具体的に応じた現象であると言える。

5　杖の呪力

「杖」を手にすることには樹木の生命力を感染させるだけでなく、「杖」に宿る樹木の精霊の神化という過程を想定できる。(15) 祝福を齎す「杖」は神から受け渡される。『日本書紀』で大己貴神は天孫降臨に先駆けての葦原中国の統治権譲渡に際し「杖」、正確には「広矛」を経津主神・武甕槌神の二柱の神に授ける。

　乃以二平レ国時所レ杖之広矛一、授二二神一曰、「吾以二此矛一卒有二治功一。天孫若用二此矛一治レ国者、必当二平安一。今我当下於二百不レ足之八十隈一将中隠去上矣」。（神代紀第九段正文）

右の場合「杖」は「ツク」（『類聚名義抄』（観智院本））という動詞として用いられている。この用法は『古事記』序文の「杖レ矛挙レ威、猛士烟起」、安康記の「以レ矛為レ杖、臨二其内一」、仲哀紀の「即以二皇后所レ杖矛一、樹二於新羅王門一、為二後葉之印一」、また『常陸国風土記』香島郡条の「白細乃大御服々坐而、白桙御杖取坐」に見える。『古事記』序文は天武天皇による戦闘を語る場面で、「沛公遽雪レ足杖レ矛曰、延客入」（『史記』巻九七、陸生伝）といった漢籍の例にならい、矛をつくことで威いを奮い起こしたとされる例である。安康記は大長谷王による目弱王追討の場面、仲哀紀は神功皇后新羅遠征の場面で矛（桙）を「杖」として用いることが見られ、一時的な「杖」のあり方を知ることができる。

『常陸国風土記』の例は崇神天皇が夢をみて託宣を受け、統治する国を無事統治できるよう保証を与えられる場面であり、香島の宮への奉納の由来は「俗」に伝わる話によって注記の形で説明されている。「白桙御杖」はその神が手に「取る」ものであるが、これもまた「杖」の役割が「桙」に代用される例であると言えよう。権威において武具は「杖」の延長上にある。

つまり、持っている棒状の物は「杖」と認識された時点で「杖」と成り得るのである。さらに動詞「ツク」が「杖」と表記される場合、その用法は「杖をツク」意であったと考えられる。また、大己貴神の授受の例から統治者の象徴となる「杖」は、統治の実行者へ託されると考えられていたことが明らかとなる。

香島郡の例に見られるような、支配者をそれと認め、統治権を与えるために自ら出向いた神が代理者にいわば宿り、祝福をする体制、即ち所有者の要請に応じてその一部となり祝意を介在させる呪力を有する「杖」が、所有者の意識と共に他者へ受け渡されるという独立した様相を見せることは、例えば、伊勢神宮の斎宮がその祖とされる倭姫の時から天照大神の「御杖代」と呼ばれることに繋がるだろう。[16] 所有者に「持」たれる状態から離れ、独立して機能する倭姫の「杖」のあり方は、接触によって交感するという要素の祝福性を受け継ぎながらも新たな展開を見せていると言える。

ただし、「杖」の質は、このような祝福〈サキハヘ〉一つに尽きない。松村武雄氏は「杖」の両面性を、求心的で積極的な力を発揮し、多くの善きもの願わしきものを恵む「生杖」と遠心的で消極的な力を発揮し多くの悪しきもの厭はしきものを斥ける「死杖」として示している。[17] 前者は巡り来る神や天皇とその代理者によって行われる豊穣のための祝福〈サキハヘ〉である。後者は働きかけるというよりも、より保守的で、モノを退ける〈サヘギ〉である。土地の感得は共同体形成に関わる。顕在化する性質は共同体の要請によって異なるのである。人々は巡行する神や天皇に自らの祖先が土地を求めて歩き共同体を形成した姿を重ね見た。そこで必要なのは生活を成り立たせるための豊穣への充分な保証であろう。

「杖」は接触によって人々が土地に根を張る保証と、湧水譚に代表される暮らしへの保証を齎し、所有者の祝意によって支えられた。一方、外的な悪影響を退け永続的な安定を求める立場は、共同体の生活が人々の経験と技術により定着した後の状態、即ち定住の形態に重点を置いたものと考えられる。だからこそ、サキハヘ性とサヘギ性は常に両面性をもって存在しているのである。伝えられた地名や「杖」によって齎されたという結果をどのように説明するか、または伝承の中でどのように「杖」を用いるか、いずれにせよ「杖」が使われたという了解はあったはずである。伝承を形成する段階で「生杖」「死杖」どちらがより表面化するかはその伝承の要請によって確定するのだと考えられる。

説話ごとの要請に従って語られる「杖」が、手に持たれ、所有者と一体となることで果たされていた祝福の機能は手放されることで消極的な力へと転じる。

御方里…（中略）…一云、大神、為二形見一、植二御杖於此村一。故曰二御形一。（『播磨国風土記』宍禾郡）

「形見」は、「我妹子が可多美に見むを」（『萬葉集』巻十五・三五九六）のようにあり、それを通して対象の嘗ての姿を自らの内に回復し、感じることであると考えられる。祝福は手に持たれていてこそ成るのであるから、手放された「杖」は最早名残に過ぎず、「形見」という表現はそのことをよくあらわしている。祝意は神の姿と共に形見の影にのみ存するのである。手放された「杖」は、天照大神の「御杖代」が自ら動いて神の祝意を伝えるのを例外とし、それ自体では積極的に機能しない。それは祝福と統治の完了を示す記念碑であり、むしろ他の侵攻を阻む、即ち内側から外側へ働くサヘギの力を前面にあらわすのである。

「生杖」と「死杖」のあり方を比較すると伝承が祝福の希求へ傾くほど古層の神話的呪性を意識しているように見える。しかし二つは本来両義的にあるものであった。

時伊奘諾尊、乃投二其杖曰、「自レ此以還、雷不二敢来一」。是謂二岐神一。此本号曰二来名戸之祖神一焉。

（神代紀第五段一書第九）

イザナキが黄泉国から逃げ戻り、禊を行う場面である。岐神は、『古事記』では、禊の際に身につけているものを投げて化生した一二神のうちの「杖」の化生、「衝立船戸神」とされる。また神代紀同段一書第六でも「千人所引」の磐石で塞ぎ「絶妻之誓」を言い渡した後「因曰、『自レ此莫レ過』、即投二其杖一。是謂二岐神一也」とされ、やはり化生する神とされている。「杖」から化生することは記紀に共通して見られるため、この神に対する了解は記載された神話の前提に存したはずである。神代記の用字「船戸」は、禊の場所「橘小門」が港に関係することから用いられたと考えられるが、名に「衝立」が冠されることは、それが『日本書紀』と同様、衝き立てることで機能したと考えられたことが窺える。禊の時にまとめて化生したと整理して語られる『古事記』と異なり、『日本書紀』は禁止の文句を伴って黄泉国からの異形の者を斥ける「杖」のあり方が見られる。「本号」とされる「来名戸祖神」が来るなの意を持つと考えられているように、(18)ここに「杖」のサヘギ性を見ることができる。異界へ進む旅行者は境界域でその悪影響を避け、目的地で自らを浸透させることで支配を行う。そして、旅行者は越境することで支配者たり得る。自己を守る働きとしてのサヘギはそのことと矛盾しない。

安康記では、天皇を殺害し都夫良意美の家へ逃げた目弱王を追い、大長谷王が家を取囲む場面で、その本筋と外れて唐突に家の中を見、「我所二相言一之嬢子者、若有二此家一乎」と尋ねる。この問いは「詔命」とされており、既に王を天皇とする扱いが見られる。ここで嬢子（訶良比売・清寧天皇母）を窺う様子が「以レ矛為レ杖、臨二其内一」と表現されている。見る事と触れる事は共に在り、目的とすべき家の内を掌握する。権力を背景にした大長谷王（雄略天皇）のこの行為が、嬢子との間に働く時、王の行為は氏族を背負う嬢子にとって、服属としての婚姻という結果につながる。その限りにおいて、占有の質は土地を掌握する祝福のあり方と異なると言えるだろう。そこに見られるのはむしろ異界へ赴くイザナキと同質であり、『古事記』序文の「杖レ矛挙レ威」という表現に直接示されるような様相、即ち矛を「杖」とすることによる猛々しさ、権力者の武力に基いた強引さ、荒々しさといった様相が「杖」を持つことによる越境性に吸収されつつ顕れる。「杖」として用いられる矛は、武力を象徴すると共に「杖」であることにおいて境界域を行く旅行者を思わせる。そこには支配と「杖」の関係から「雄略天皇」の姿が穏やかに開示されてもいる。

「杖」は越境に必要な道具であった。前出の倭建命の「杖」が異界（死地や他地域）との境界である坂で用いられているのも越境の性質が認められていたためと理解できるのである。それは占有において必要な道具であった。応神記で、須須許理の酒で酔った天皇が「以二御杖一打二大坂道中之大石一者、其石走避。故諺曰、堅石避二酔人一也」とされる話も場所が境界性をもつ「大坂道中」であること、そうした場所の石を動かしたことから越境性を見て取ることができる。支配者の越境による支配領域の拡大と、存在する結界を斥け自己を保ち浸透させる効果は、「杖」を用いて同時的に発揮されるのである。サヘギは「杖」の質として常に裏面にあり続けていた。そして、所有者の手から離れた状況で語られることによって、「形見」のように、より表面化してくるのである。

神功皇后が新羅遠征において勝利した際、新羅の国主の門の前に「杖」をたてたという逸話が記紀に伝えられている。仲哀記ではこれを「爾、以㆓其御杖㆒、衝㆓立新羅国主之門㆒、即以㆓墨江大神之荒御魂㆒、為㆓国守神㆒而、祭鎮、還渡也」とし、仲哀紀では「即以㆓皇后所㆑杖矛㆒、樹㆓於新羅王門㆒、為㆓後葉之印㆒。故其矛今猶樹㆓于新羅王之門㆒也」（九年十月）とする。代理者であることにおいて先の香島郡の神が崇神天皇に統治権を依託する伝承と繋がる性質を持つと言えるが、この杖は、占有そのことよりむしろ「大神之荒御魂」の依代として立てられている。「杖」はより祭祀に即した働きを示している。

『日本書紀』の場合は当面の所有者である神功皇后と「杖」は持つ、持たれる関係以上の内容を示さず、形骸化していると言える。「杖」は手を離れて機能することを前提に「樹」てられたのである。『播磨国風土記』宍禾郡でたてられた「形見」のあり方との繋がりを見ることができるが、更に「今猶」と後日譚が付されることによって「杖」は、用いられた行為と効果にではなく、国の威光と支配の単なる「印（シルシ）」（「共授㆓印綬㆒為㆓将軍㆒」〈崇神紀十年九月〉の「印綬」を私記丙本に「志留志」と訓む）としてあることがうち出される。

ここで要請されているのは所有者と土地を仲介し豊穣を保証するための「杖」ではない。祝福の要素は記憶の内に留まるのみで、領土を支配したのだという表示とそれによるサヘギ、言うところの「占有標識」の要素が強く押し出される。それは、所有者の姿を見ようとする「形見」ではなく、新羅攻略の「印」とすることでより強調されるのである。上代における「杖」の古代性は、表裏にあるサキハヘとサヘギの二面性の狭間に見られると考えられる。前述のように両者は互いの表裏として一体に存し、両義的に展開したのである。

6　夜刀神伝承

夜刀神伝承における「標の梲」に真直な状態の「枝」の要素が含まれている可能性のあることは既に指摘した。「杖」のあり方の展開を辿る中で、「梲」が「シメ」として機能し、更に禁止の呪言と神の憑りつく柱の印象と重なることで、所有者の手から離れて機能する「杖」のサヘギの質を有していることが理解される。広義に国作りに関係する内容であること、所有者が土地の代表者であること、「梲」と共に用いられる保証と禁止の呪言が「国引き神話」と重なる構造をもつことからも「杖」としての要素を見ることができる。

赤坂憲雄氏は「標の梲」のあり方を「『風土記』や記紀といった神話世界の昏がりには、杖を携えて遊幸する古代の首長や王たちの姿がそこかしこに沈められている」として、「麻多智と〝標の杖〟は、その、祖型的なイメージをもっとも色鮮やかに漂わせるものといえるにちがいない[19]」と位置づけている。たしかに箭括氏麻多智は人々を土地へ導く存在であり、土地神を退けて共同体を形成する話型は神や天皇の土地占有の姿と重なる。「標の梲」は支配を可能にする者の所有であり、共同体形成に関わるところに古態を留めていると言える。

しかし一方で、夜刀神伝承における「標の梲」には「杖」の扱いの方法に新しさを指摘できる。蛇の存在はそのことを端的に示している。蛇神は動物神として祀られる代表的なものの一つである。夜刀神のように角のある異形の蛇は、同じく『常陸国風土記』香島郡角折浜条にも見られ、土地神として一般的な存在であったと思われる。前島直子氏は蛇神が「畏敬―懐疑―嫌悪―退治」の行程を辿って人々に扱われることで零落する姿のあることを指摘し、その要因を穀霊が中央政権を背景に成り立つことで田の神・山の神たる蛇神の内性が淘汰されたことに求めている[20]。

夜刀神伝承には以下のような続きがある。

其後、至㆓難波長柄豊前大宮臨軒天皇之世㆒、壬生連麿、初占㆓其谷㆒、令㆑築㆓池堤㆒時、夜刀神、昇㆓集池辺之椎株㆒、経㆑時不㆑去。於㆑是、麿、挙㆑声大言、「令㆑修㆓此池㆒、要盟活㆑民。何神誰祇、不㆑従㆓風化㆒」。即、令㆓役民㆒云、「目見雑物、魚虫之類、無㆑所㆓憚懼㆒、随尽打殺」。言了応時、神蛇避隠。所㆑謂其池、今号㆓椎井㆒也。池西椎株。清泉所㆑出、取㆑井名㆑池。即、向㆓香島㆒陸之駅道也。

（『常陸国風土記』行方郡）

壬生連麿は行方郡のはじめに「古老曰、難波長柄豊前大宮馭宇天皇（孝徳天皇）之世、癸丑年、茨城国造小乙下壬生連麿、那珂国造大建壬生県夫子等、請㆓惣領高向大夫中臣幡織田大夫等㆒、割㆓茨城地八里㆒、合㆓七百余戸㆒、別置㆓郡家㆒」とあるように、郡家を置いたとされる人物である。麻多智の伝承で蛇神は地霊の姿を留めつつ、結果として祀られているのに対し、ここの壬生連麿の伝承では灌漑の整備が行われる際、再び現れて立ち去らずにいる蛇神は魚虫と同じように見做されて徹底的に退治される。

このように一連の夜刀神伝承は、それぞれ自然（蛇神）―人智という対立構造をもつ、二つの段階を示す。蛇神への嫌悪と畏怖と怒りによる住み分けは、ヒトの文化の勝利を顕す。そして第一段階の麻多智譚において土地神は新たな開拓者であるヒトによって屈服せられ、追い遣られて、最後には祟りを畏れて祀られる。共同体の代表者と交感し交渉して祀られるあり方とは異なるこの構図は、如何に「杖」の用いられる様相としての話型が古態を留めていようとも伝承の新しさとして捉えなければ説明は不可能である。「標の梲」はこの新しさと重なる。

一方、後の孝徳朝の壬生連譚は、夜刀神と対峙するという点においては麻多智の場合と共通するが、鎮圧する方法に「杖」は用いられず、より高圧的である。麿が天皇の絶対的な権勢を背景に有して、自然神でもある夜刀神の存在を否認し、蛇たちの退治に及ぶ伝承は、継体朝に麻多智が地方の権力者として夜刀神を遮り祀ることと質を異にする。麻多智は王権の代行者ではない。開拓者である麻多智はサキハへとサヘギの両面性を有した威力ある道具と権威を所有することによって支配者たりえたものである。夜刀神伝承には、自然神に対する意識の経緯、即ち懐疑、嫌悪とそこに畏敬の残る状態から、徹底した退治に至る段階が語られているといえよう。

「杖」が「シメ」、つまり標識として在るためには神の手の一部として土地と交感を果たすところから切り離され、新たな共同体を守る遠心的なサヘギの要素への要請が顕在化される過程を経なければならない。「たてる」という行為自体の重要性が、「支配者の持っていた物」として所有者とは別に認識されるようになった結果である。神や支配者の手を離れ、新たな権力者を得て一般化した「杖」は自身で完結することを求められ、痕跡としての標識と合致するサヘギの機能をもって成立し、祝福はその記憶としてのみ残った。更に「梲」ということばが柱を連想させることで「柱のようにも機能する」という更なる広がりの可能性をも提示している。古代において「杖」の意味は伝承の要請するところに応じて広がりを見せ、「標の梲」はその末端に位置するあり方と考えられるのである。

以上のように権力者との繋がりによって変化する「杖」の意味は表現方法として表われるときはその限りではない。『萬葉集』丹生王の挽歌に「天雲の　そくへの極み　天地の　至れるまでに　杖策毛《つゑつきも》　不レ衝毛去而《つかずもゆきて》　夕衢占問ひ」（3・四二〇）とあり、石田王が亡くなる前に助かる方法を求めて「何としてでも行けばよかった」という心情を表わす。また「杖衝毛《つゑつきも》不レ衝毛《つかずも》吾《われ》は行かめども君が来まさむ道の知らなく」（13・三三一九）では遠い紀の国へ出かけた「君」の元へ「何としてでも会いに行きたい」という心情を表現する。

「杖をついても衝かなくても」とは「杖」を衝いて行く事が非日常であることとの共通理解、まして衝かずに行く事が尋常で有りえないという観念のもとにある方法と考えられる。この前提に旅行者が持つ「杖」、即ち主体が異界へ赴く際の「杖」が思われるだろう。「杖」をついて歩く旅行者の姿は、嘗て各地を渡り歩いた神が異界で自らを保持し、浸透させる姿と重なる。「杖つきも衝かずも」の表現は両歌に揺れが見られないことからその固定化が考えられる。当然、所有者に権力者としての造形は窺えず、「杖」はより実生活に則して個人の心情を表現する方法の一端を担う。旅行に「杖」が必須であるという了解がある。その内面には異界への畏れが存在したであろうが、もはやそれ以上の呪性への希求は見られず、「杖」に約束されていた呪能に頼ることは、現実としてそこに無いにも拘わらず、「杖」は自己の及ばぬ或る力、神とも限定できない助力に繋がるかのように衝かれ、しかしその無効性を思われてもいる。

「杖つきも衝かずも」の表現は、伝承に求められる所有者と「杖」のあり方とは異なると考えられ、それらとの直接的な繋がりを求めることは難しい。この点に古代における「杖」のあり方として新たな視点を見出し得ると言える。

伝承の中で支配に関わる「杖」は占有する者の手にこそ持たれ、サキハへからサヘギへとその役割を担った。夜刀神伝承、麻多智譚はそこに位置づけられる。共同体は権力者の持つ「杖」を柔軟に了解していた。しかしまた、夜刀神伝承からは、王権の意向に即しつつ語られた一地方や一臣下による定住確立の伝承である点に、天皇自身の国占めから展開した形の一有力者を見て取ることができる。神は各地域を巡って自らの手で祝福を与え、開拓者としての人はその感覚を継承する。切り離された「杖」はまた神の象徴として支配者、あるいはその代行者の手に渡り、標識となる。そして新たな支配者が異形の有力者として存在権を有した時、「杖」はサキハへの記憶とサヘギの様相、両者の意味を広げながら再び土地を巡る。神々の道行きの影を負うことが基盤にあり、その意味を延きつつ古代の「杖」は在る。

注

(1) 西野校訂版本に「標杭」とあり、これを採用する注釈書もあるが、「梲」に「クヒ」の意はない。『類聚名義抄』(観智院本)に「ウタチ」「クヒセ」の訓があるとされる「杌」は「杭」とは異なる意をもつ(大広益会『玉篇』に「杭」は「槽属」、「杌」は「樹レ無レ枝」とある)。「梲」と同字である「棿」が「杭」の誤字であることは考えられない。菅政友本に「棿」とあるのに従う。日本古典文学大系『風土記』(岩波書店)・『常陸国風土記』(講談社学術文庫)は「しるしのつゑ」、新編日本古典文学全集『風土記』(小学館)は「しめのうだち」、『常陸国風土記』(山川出版社)は「しめのつゑ」とする。

(2) 松村武雄「地堺に於ける宗教文化」『民俗学論考』(大岡山書店、大正五年)。実例としては、伊勢神宮山口祭等。

(3) 「標ム(下二段)の名詞形」(『時代別国語大辞典上代篇』)とする。

(4) 新編日本古典文学全集『萬葉集』(小学館)の頭注に「証拠の品」とある。

(5) 「標将為跡これをはしるしにせんとゝよむへし、しめさんとゝあるは誤れり」(『代匠記』初稿本)

(6) 新編日本古典文学全集『風土記』(小学館)は「標梲」を「標の梲」と訓む。

(7) 石原憲治『日本農民建築の研究』南洋堂書店、昭和五一年

(8) 土本俊和・遠藤由樹「掘立から礎へ　中世後期から近世にいたる棟持柱構造からの展開」『日本建築学会計画系論文集』五三四、平成一二年八月

(9) 川添登『民と神の住まい』講談社、昭和五四年(初版は光文社、昭和三五年)、所功『伊勢神宮』講談社、平成五年

(10) 三宅和郎「神殿成立以前」『古代の神社と祭り』吉川弘文館、平成一三年

（11）松村武雄「生杖と占杖」（注3前掲書）
（12）立花直徳「詩の発生期における視覚の展開―「見ゆ」をめぐる集団から個への様相―」『王朝文学史稿』九、昭和五六年一〇月、内田賢徳「「見る・見ゆ」と「思ふ・思ほゆ」―『萬葉集』におけるその相関―」『萬葉』一一五、昭和五八年一〇月
（13）池田弥三郎「鎮魂と反閇」『池田弥三郎著作集』第三巻、角川書店、昭和五九年
（14）野田浩子「国見と道行き」『万葉集の叙景と自然』新典社、平成七年
（15）神野善治『木霊論―家・船・橋の民俗』（白水社、平成一二年一〇月）に建物の用材に宿る樹木の精霊が鎮魂によってそれを守護する「カミ」へ変化させるために祭りが行われるとされる。杖にもそうした所有者の手に収まる前段階を推測できる。
（16）倭姫の伝承は『日本書紀』垂仁天皇二十五年三月、『大和国風土記』逸文（『日本書紀通証』）、『倭姫命世記』に見られる。
（17）前掲注11松村氏論文
（18）本居宣長『古事記伝』（『全集九』、吉川弘文館）の説を受け、「来」「勿」ここから来るなの意と一般に解釈される。
（19）赤坂憲雄「杖と境界をめぐる風景／標の梲」『境界の発生』講談社、昭和一四年六月（初版は砂子屋書房、昭和六四年）
（20）前島直子「蛇神の零落（前篇）」『国士館短期大学紀要』一三、平成一〇年三月

第二節　剣考(1)

一　『古事記』建御雷神の神話

1　タケミカヅチ神話と「剣」

タケミカヅチは、記紀において、天孫降臨に先立ち葦原中国を言向け、また神武天皇を自らの「横刀（剣）」を降下させて助けた神として活躍する。記紀のタケミカヅチが登場する場面を掲げる（〈　〉は表記と亦名）。

a　火神被殺条（記〈建御雷神、亦名 建布都神・豊布都神〉、紀第五段一書第六、同第七〈建甕槌神〉）
b　国譲り条（記〈建御雷神〉、紀第九段正文、同一書第一、同第二〈建甕槌神〉）
c　神剣降下条（神武記〈建御雷神〉、神武即位前紀戊午年六月二十三日〈建甕雷神〉）
d　大田田根子の系譜（崇神記〈武甕槌命〉）

タケミカヅチが登場する各場面のうち、aでは、イザナキがカグツチを斬った十掬（握）剣から滴る血が石に走り、タケミカヅチが生れたことが記され（記、紀第五段一書第六、同第七）、bでは、地上へ降る際に逆さまに「剣」を刺し立て、その上に坐したとされ（記、紀第九段正文）、cでは、神武天皇の東征の場面に、熊野に国土平定を成し遂げた横刀（剣）＝フツノミタマを降下させたとされている（神武記、神武即位前紀戊午年六月二十三日）。d

は、『古事記』が三輪山の大物主神の子の四代目として「武甕槌命」の名を記すが、これが「建御雷神」と同じ神であるかは疑問とされる。

確実に同一の神と認められるa～cを見ると、その全てに「剣」が関係していることが分かる。このうち、bの国譲りの場面は、タケミカヅチ自身が活躍しており、そこには、記紀それぞれにおけるタケミカヅチの性格が表わされていることが予想される。「剣」は、タケミカヅチが持つ「もの」として、その性格を表わす表現としてあるのではないか。小稿では、そのことを『古事記』を中心に分析し、神話における「もの」の表現の方法について考えたい。

タケミカヅチの神名は、建御雷神（記）、建甕槌神・武甕槌神（紀）と表記される。この神名から分析されるタケミカヅチの性質については、従来、大きく二つの説が示されている。ひとつは、タケミカヅチの名の意義は音の分析から、タケ（建・武）・ミイカ（御厳）・ツ（連体助詞）・チ（霊）と推測され、「猛々しく勢いの盛んな霊魂」の意味であるとする説である。神名の表記に「雷」の字が見られることから、その性質は雷に象徴されるものとされ、また刀剣の神である天之尾羽張から生れていることや、神武記・神武即位前紀の記述から、「剣」を降す剣神でもあるとされる。(1)

そうした捉え方に対して、タケミカヅチの神名表記には、記紀それぞれの意図が反映されているのであって、その本来の姿は、『日本書紀』の表記に「甕」とあることに見られるとされたのが吉井巖氏である。即ち、タケミカヅチは、神の依り憑くものであるところの「甕」であるとする。(2) 吉井氏の論は、タケミカヅチの本来の姿の可能性を示すものとして注目される。タケミカヅチの本来の性質に関するこうした議論を踏まえつつ、『古事記』の建御雷神を見たとき、a～cの場面を通じて、その名が「雷」と表記されることが改めて注意される。(3)『古事記』におけるタケミカヅチは、激しく勢いのある「雷」と「剣」とのイメージで表わされていることが考えられるからである。ではそれは、『古事記』の中にどのように見られ、『古事記』の文脈においてどのように表わされているのであろうか。

建御雷神の威勢がもっとも明らかに示されているのは、国譲りの場面である。『古事記』の記述によって、話の展開を次に示す。

1　天照大神は思金神・諸神と協議し、天尾羽張神（伊都之尾羽張神）の意向によって、その子・建御雷神に天鳥船神を副えて地上へ派遣する。

2　建御雷神・天鳥船神の二神は出雲国伊耶佐之小浜に降る。建御雷神は大国主神に対峙して国譲りを迫る。

3　天鳥船神は、大国主神に返答を託された子・八重事代主神を徴し来る。八重事代主神は受諾の意を発し、その後青柴垣に隠れる。

4　建御雷神は大国主神のもう一人の子・建御名方神と力比べを行い、圧倒する。建御名方神は恐れをなして信濃国へ逃げ、国譲りを承諾する。

建御雷神と「剣」との関係は、2の伊耶佐之小浜に降る場面に見られる。

是以、此二神（建御雷神と天鳥船神）、降㆓到出雲国伊耶佐之小浜㆒而〈伊耶佐三字以㆑音〉、抜㆓十掬剣㆒、逆刺㆓立于浪穂㆒、趺㆓坐其剣前㆒、問㆓其大国主神㆒言、…　（神代記）

右の場面には、神代紀第九段正文が対応する。

二神（経津主神と武甕槌神）於レ是降二到出雲国五十田狭之小汀一、則抜二十握剣一、倒植二於地一、踞二其鋒端一、而問二大己貴神一曰、…

両伝とも、十掬（握）剣を抜き、逆さまにして、その上に「趺坐（踞）」（あぐみ）をして坐したとある。「前」は、空間的にはある位置を中心に据えた、その前方部を指すが、『古事記』では、「御刀之前」（神代記　迦具土殺害）、「甜白檮之前」（垂仁記）など細長い「もの」の尖端を表わす意が見られる。「気多之前」（神代記　稲羽素菟）、「御大之前」（同　少名毘古那）、「笠沙之御前」（同　天孫降臨）、「訶夫羅前」（神武記）は岬の意で、空間において突き出した先端部をいうと考えられる。逆さまというのは、刃の先端を上に向けて立てたということ。その上に座ることは、通常なら考えられない行為である。[4]『古事記』ではさらに、それが「浪の穂」の上で行われたとある。小稿では、「抜二十掬剣一、逆刺二立于浪穂一、趺二坐其剣前一」と記される箇所を取り上げて「剣」に表現される建御雷神について考えたい。

2　建御雷神の性質

建御雷神は、名を「御雷」と表記されることから、その性質に神聖な雷の神の意味を負うと考えられる。それは、副使として共に葦原中国に降る天鳥船命との関係にも窺われる。雷と船との関係は、たとえば『日本霊異記』上「得二雷之憙一令レ生レ子強力在縁第三」に見ることができる。

敏達天皇の世、尾張国阿育知郡片蕝里の農夫が田に水を引く時に、小雨と共に堕ちた雷は、命を助けてもらうことと引き換えに農夫に小子を授ける。その時に「寄二於汝一令レ胎レ子而報、故為レ我作二楠船一入レ水、泛二竹葉一而賜」と要求したのである。この小子は、力王との力比べに勝ち、鬼を退治するほどの強力者で、のちに元興寺の優婆塞となり、寺の田に水を引く時、その力で妨害をする諸王を圧し、田への水引きを成し遂げたという。小子は雷神そのものではないが、雷神の性質を受け継いだ特別な人物であると言え、船が雷の性質を負う者を乗せるものであることを考えさせる。

　雷と船との関係は、次の譚にも見られる。

是年、遣二河辺臣〈闕レ名〉於安芸国一、令レ造レ舶。至レ山覓二舶材一。便得二好材一、以名将レ伐。時有レ人曰、「霹靂木也。不レ可レ伐」。河辺臣曰、「其雖二雷神一、豈逆二皇命一耶」、多祭二幣帛一、遣二人夫一令レ伐。則大雨雷電之。爰河辺臣案レ剣曰、「雷神無レ犯二人夫一。当レ傷二我身一」、而仰待之。雖二十餘霹靂一、不レ得レ犯二河辺臣一。即化二少魚一、以挟二樹枝一。即取レ魚焚之。遂修二理其舶一。

（推古紀二十六年是歳）

河辺臣は船の好材を得るため、伐ってはならないという「霹靂の木」の雷神を調伏し、それは「少魚」となったという。河辺臣は、楠に降りた雷神を、楠を伐るための妨害者として排除している。しかしそれは本来、雷神が憑りついた木であるからこそ、船の材料とされたはずであった。

（大部屋栖野古連公は）案二本記一曰、「敏達天皇之代、和泉国海中、有二楽器之音声一、如二笛箏琴箜篌等声一、或如二雷振動一、昼夜夜耀、指レ東而流」。大部屋栖古連公、聞二奏天皇一、嘿然不レ信。更奏二皇后一、聞之詔二連公一曰、「汝往看之」。奉レ詔往看、実如レ聞有下当二霹靂一之楠上矣。還上奏之、「泊二乎高脚浜一、今屋栖伏願、応レ造二仏像一焉」……

（『霊異記』上「信二敬三宝一得二現報一縁第五」）

霹靂の楠の木で仏像を作った話である。この木は、雷に遭い、和泉国の海中に沈んで、楽器の音を響かせていたという。雷が落ちた樹木は雷神が依り憑いた「霹靂の木」とされる。その木が浜に流れ着いていたという。雷は、空から落ちて来るものとして観察される。地上にある樹木が上空から来た雷の依り憑くところとなるという理解は、上から依るという方向性において雷の性質を負う者が船に「乗る」という発想に繋がると考えられる。そもそも雷は、樹木や屋根などの高いところに落ちる性質がある。そして楠は、大樹に育つものの多い常緑高木で、樹木全体に芳香のあることで知られている。雷が大樹に落ち、時にその幹を割くことは、たとえば、『日本霊異記』上「捉レ雷縁第一」に「此電悪怨而鳴而、踊二践於碑文柱。彼柱之析間、雷揆所レ捕」と見える。雷が落ちるほどにそれは聖なる樹木であったであろう。建御雷神が天から降って「剣」の刃の尖端に坐す姿には、上空から高いところに雷が依り来るという理解が反映されていると考えられる。依る場所が「剣」であることは金属に落ちやすい雷の性質を思わせ、そこには、視覚的には、雷の光を受けて耀く「剣」の光と一体化した姿が立ち現われる。そのことは、建御雷神の「十掬剣」が神聖な「剣」としての質を持つことを推測させる。

雷はまた、水田と深い関係にあるものとして見える。

…時引二儺河水一、欲レ潤二神田一、而掘レ溝及二于迹驚岡一、大磐塞之不レ得レ穿レ溝。皇后召二武内宿禰一、捧二剣・鏡一令レ禱二祈神祇一、而求レ通レ溝。則当時、雷電霹靂、蹴二裂其磐一、令レ通レ水。故時人号二其溝一曰二裂田溝一也。

（神功摂政前紀（仲哀九年）四月）

神の田に水を引くために、神祇に祈禱して雷を呼び、磐を砕いた話である。雷と水田との関係は、先の『霊異記』の小子の話からも窺うことができる。雷は、落ちると被害を齎す怖ろしい天災となるが、同時に恵みの雨を齎す象徴でもあるため、農耕との関連をもって捉えられたと考えられる。力強く破壊を齎す神としてもあり、農耕との繋がりにおいて生育に関係する神でもあるという、雷に把握されるその両面性は、建御雷神にも見られるのではないか。

建御雷神は、「剣」を持ち葦原中国を平定する力強い神として現われる。その強さは、大国主神の子建御名方神と対峙する場面で顕著に見られる。

故爾、問二其大国主神一、「今、汝子事代主神、如此白訖。亦、有二可レ白子一乎」。於レ是亦、白之、亦、「我子有二建御名方神一。除レ此者無也」。如此白之間、其建御名方神、千引石擎二手末一而来、言、「誰来二我国一而、忍々如此物言。然、欲レ為二力競一。故、我、先欲レ取二其御手一」。故、令レ取二其御手一者、即取二成立氷一、亦、取二成剣刃一。故爾、懼而退居。爾、欲レ取二其建御名方神之手一、乞帰而取者、如レ取二若葦一搤批而投離者、即逃去。故、追往而、迫二到科野国之州羽海一、将レ殺時、建御名方神白、「恐。莫レ殺レ我。除二此地一者、不レ行二他処一。亦、不レ違二我父大国主神之命一。不レ違二八重事代主神之言一。此葦原中国者、随二天神御子之命一献」

建御名方神は千引の磐を手に提げて現われ、力比べを要求した。それに応じた建御雷神は、手を氷に変えて相手をおびえさせる。さらに建御名方神の手を取って若葦のようにひねり投げ飛ばして勝利する。ここには、水を制禦して氷に変化させる性質に加え、力比べに臨んで相手を圧倒する、強大な力を有する者としての姿が見られる。『日本霊異記』上—五でも雷神から生れた小子は力比べで他を圧倒している。また雄略紀七年七月三日条に見える、小子部連蜾蠃が三輪山の神（雷）を捉える話でも、この方法で勝負をつけている。力比べは、雷の性質を負う者が他者と勝負をつける時の方法であった。「御雷」を名に負う建御雷神が建御名方神との力比べに勝利するという展開は、この神が雷の威勢を有する武神であることを示していると言えよう。

『古事記』における建御雷神の性質は、名の表記とその活躍の様子から、雷の性質を負う神であることが理解される。建御雷神が「剣」の尖端に坐す姿には、雷が、金属や樹木・屋根などの高いところを目がけて落ちる性質との共通性が見出される。また、落ちて来る雷に依り憑かれた樹木が船の好材とされることは、建御雷神と天鳥船神との関係との繋がりを考えさせる。さらに、雷の破壊力や、雷の性質を負う者が強力であることが強調されることは、建御雷神が地上に降る様子や建御名方神と対決する場面にも共通する。建御雷神は、雷の要素を複合的に有する神であると言えよう。

この建御雷神は、浪の穂に逆さまに刺し立てた「剣」に坐すという。では、この神が地上に降る場面が何故このように記されるのか、その中で、『古事記』は建御雷神の「剣」という「もの」をどのように理解しているのか、考えたい。

3　「逆剌立」

建御雷神は「十掬剣《とつかのつるぎ》」を逆さまに立て、その先端に趺坐して、大国主神に国譲りを迫る。「トツカノツルギ」は、十束もある長大な「剣」のことと言われる。「剣」は古来、霊力を有する「もの」として、神体・神宝・幣帛・祭祀具などとして扱われたことが知られる。それは、武器としての殺傷性に由来するとともに、金属が鍛えられる工程や、直線的な刃が長期間朽ちずに輝きを放つことなど、その存在に関わるあらゆる過程が、神秘的なものとして捉えられ得るものであるためと考えられる。「トツカノツルギ」は、長大であるばかりでなく、その大きさに見合う霊威を備えた武器であると理解される。

この「剣」は、『古事記』では神代巻のみに見え、神々の持つ「剣」とされていると見られる。その例の多くは「十拳剣」と表記されるが、(5)阿遅志貴高日子根神の「大量・神度剣」と建御雷神の「剣」との二例については、「十掬剣」と表記される。(6)「拳」はこぶしの義で、親指を除く四本の指の幅を基準とする「ツカ」の長さに対応させつつ、闘いに用いる武器を表わすと解される。「掬」は、晉・陸機〈士衡〉「文賦」(『文選』巻十七)に「雖三紛二藹於此世一、嗟不レ盈二於予掬一」とある李善注に「『毛詩』曰、終朝采レ緑、不レ盈二一掬一。毛萇曰、緑、王芻（植物の名。黄色の染料となる）。両手曰レ掬」(7)と見えるように、両手ですくうことである。長さを表わす「ツカ」という語を、両手を意味する「掬」の字で表記することには、その「トツカノツルギ」を特別に大きな「剣」として表わす意図があるのではないか。

阿遅志貴高日子根神の原型は、農耕に関わる雷神とされるが、(8)『古事記』においては、復活した鳥としての性質が見られるとされる。(9)阿遅志貴高日子根神の登場が、天若日子として死んだ神の復活を示すのであるならば、「喪屋」を切り伏せることは、死ということそのものの破壊と考えられるのではないか。そのための「剣」は、通常の「十拳剣」よりも長大な「十掬剣」が相応しい。「大量」は、「量」が斧鉞の意で、「大刀の威力を大斧になぞらえたもの」(10)と考えられ、「神度剣」は、「度」が「利」の濁音化したものとされる。(11)「大」や「神」と冠される、「トツカノツルギ」のなかでも特別なものと捉えられたのであろう。

また、建御雷神は、「剣」の神天之尾羽張神の子としてその性質を受け継いでいると考えられ、特別な「十掬剣」を持つに相応しい。この建御雷神が自らの手を「取二成立氷一、亦、取二成剣刃一」とするのは、剣の神の霊威を現わす神話的表現であろう。建御雷神の武神としての威勢を、「掬」という表記において表わしていると考えられる。では、「十掬剣」を「逆刺立」という行為とは、どのような意味を持つのであろうか。

建御雷神は、「剣」を逆さに「刺し立てて」いる。「刺」は、立てる「もの」が「剣」であることから聯想される表現であろう。「剣」が、「波の穂」という土台に、刺し込まれ、刃を上に向けてしっかりと立てられてある状態を示す。「もの」を「突き刺す」行為は、それを目標地点に向かって「刺す」という意味と、その結果としての「刺されてある」状態とする意味との両面性を含み持つ行為である。(12)「刺立」とは、「浪の穂」に向かって「剣」を「刺し」、それを「立て」て表示させるということであろう。

それが逆さまであることを『日本書紀』は、「倒植」と表記する。「倒植」は、漢語であり、例えば「茄蔤倒植、吐㆓被芙蕖㆒。以㆓藻井㆒、編以㆓細疏㆒」（魏・何晏〈平叔〉「景福伝一首」『文選』巻十一）のように植物が逆さまに植えてある状態、また「賢聖逆曳、方正倒植」（漢・賈誼「離騒賦」『漢書』巻四八）とあり、顔師古注に「植、立也」と見えるように、ものごとが逆さまであり、それが立ちあらわれていることもいう。立てられるものが、立てられたことによりその姿を顕わし出すという関係は、「逆刺立」という表記においても同様に理解される。「剣」が刃を上にして立てられてある状態は、その存在を顕わし出す標識としてのありようを思わせる。

神が「剣」を刺し立てる行為には、神や天皇が巡行先で「杖」などを刺し立てる行為が想起される。それは例えば、『出雲国風土記』意宇郡で、八束水臣津野命が国引きを終えたとき、意宇の社に、「御杖」を「衝き立て」たという神話に見られる。これは、新しく引き固めた土地、すなわち八束水臣津野命によって占有された土地がまさにその祝福をうけて定められたことを表わしている。そして、「杖」が立てられた場所は、意宇社という、土地の要となる場所であった。また、『播磨国風土記』宍禾郡御方里条で、大神が「為二形見一、植二御杖於此村一」とあるように、立てられた「杖」が、神が訪れた標として残ることも、それが神によって祝福された土地であることを示していると解される。[13] 葦原中国に降った建御雷神が、まず「十掬剣」を刺し立てたことにも「杖」などで行うそれと同様に、平定する土地を占有する意味が包含されていると考えられる。それは、視覚に捉えられる占有の標示であっただろう。

しかし、霊威ある神の武器がそのように立てられる意味はそればかりではあるまい。建御雷神は、「剣」を「浪の穂」に逆さまに刺し立てて大国主神と対峙した後、伊耶佐之小浜を拠点として、出雲を制圧してゆく。そこに刺し立てられた「十掬剣」は、それが大国主神に対して武力的な威勢を誇示する役割をも持つことを考えさせる。その威勢は「十掬剣」の霊威と不可分にあるはずである。長大な「剣」の刃が上に向けられて直立する状態は、尖端に雷神を迎えるさまと捉えられるが、「剣」が立てられてあるのは、同時に、「剣」自体が霊威を表出させている状態を表わしているのではないか。

「剣」の基本的な機能は、言うまでもなく、刺す、切るなど、殺傷することにある。手に持たれて振るわれることで、相手を傷つけ死に至らしめる凄惨さをもつこの武器は、そうであるが故に聖なる「もの」としての両面性を有している。輝く金属の刃は、向けられる者には死の恐怖を齎すが、同時に生への期待を意識させる。その緊張にあって「剣」は聖なる呪具であると言えよう。そのため、祭祀の場においては、「玉」や「鏡」と共に賢木に掛け、神を迎える呪具としても用いられた。[14] そのような「剣」には、霊的な力が把握されるのである。[15] その力は、例えば次のようにして発揮された。

且後者、於二其八雷神一、副二千五百之黄泉軍一令レ追。爾、抜下所二御佩一之十拳剣上而、於二後手一布伎都々〈此四字以レ音〉逃来。（神代記）

伊耶那岐命が黄泉国から逃げる途中、追ってくる八雷神を祓うために後手に「剣」を振る。直接触れずに相手を退散させる使用方法は、「剣」を振ることによってその刃から霊威が発揮されるという理解にもとづくものであろう。「剣」の霊威は、その機能としての殺傷方法からみても、「剣」の内部から外部へ放出される力を内在させている。その霊威は特別な事情がない[16]限り、「剣」の刃の部分に顕現するものである。

従って、「剣」の刃が上を向いている状態であることを示す「逆《さか》しま」という表現は、「剣」の霊威が対象（建御雷神の場面は刺し立てる場所）とは逆の方向に向くことを意味する。「逆」は、自然にはたらく力を逆に向けさせることである。

天若日子が天のはじ弓・天のかく矢で、雉（鳴女）を射殺したとき、「其矢、自二雉胸一通而、逆射上」（神代記）として高天原に届く。「逆」は、矢が上に向かって進むことをあらわすと同時に、本来葦原中国平定の道具であるべき「かく矢」が高天原へと逆方向に射られたことを明らかにした表現と考えられる。

「剣」で「もの」を刺す行為は本来、刃を対象に向けて行使する。それが「逆」であることは力が対象とは逆、この場合は上方に向かっていることを意味する。このことは「刺し立つ」行為が、「剣」の特性からは、単に占有し、結果として「標」が立つだけで無いことを示している。「立つ」状態が「逆しま」であることによって刃によって発揮される威力は上方に向かう力としても想定されているのである。そこに、建御雷神は趺坐する。立てられた「剣」は、「2　建御雷神の性質」で見たように、雷神が地上に降るときに依り憑く樹木の姿と重なり合う。では、このことは、どのように理解されるであろうか。

4　「趺坐」

「剣」の先に神が降る様子を、『古事記』は「趺坐」、『日本書紀』は「踞」とあらわす。「趺坐」は仏教語に「結跏趺坐」の語があり、仏法では所謂座禅をいうが、ここでは足を組んで「あぐみ」（胡座）をする姿をいうと考えられる。「踞」には、うずくまる状態や足を投げ出して坐る状態をさす場合もあるが、やはり「あぐみ」の状態と解するのが妥当であろう。「あぐみ」は、次のような場面で「あぐら」（呉床・胡床）に坐す時の姿として記される。

亦、其山之上、張㆓絁垣㆒立㆓帷幕㆒、詐以㆓舎人㆒為㆑王、露坐㆓呉床㆒、百官恭敬往来之状、既如㆓王子（宇遅能和紀郎子）之坐所㆒而、更為㆓其兄王（大山守命）渡㆑河之時㆒、具餝。（応神記）

応神天皇崩御後、反乱を企てた大山守命を宇遅能和紀郎子が迎え撃つ。そこで、「絁垣《きぬがさ》」をめぐらし、「帷幕《あげはり》」を立てて、「呉床」を用意し、あたかも宇遅能和紀郎子が坐しているように、舎人を座らせる。大山守命を騙す計略であるが、「呉床」に坐すことが権威をあらわすものであるという理解が反映されていると考えられる。

於㆑是、男大迹天皇、晏然自若、踞㆓坐胡床㆒。斉㆓列陪臣㆒、既如㆑帝踞坐。（継体紀元年正月六日）

即位を躊躇う王が、いよいよ決意して樟葉宮に移動する場面である。天皇は落ち着きはらって「胡床」に踞坐し、すでに帝王の威風であったという。建御雷神もまた、国つ神を圧倒する存在として、泰然と「趺坐」したものと思われ、それは威勢を顕現させる姿であったと考えられる。ただし、「趺坐」の意味はそれだけに止まらない。

筌戸《うへど》。大神、従二出雲国一来時、以二島村岡一為二呉床一坐而、筌置二於此川一。故、号二筌戸一也。不レ入レ魚而入レ鹿。此取作レ膾、食不レ入レ口而落二於地一。故、去二此処一遷レ他。　（『播磨国風土記』讃容郡）

大神が、島村岡を「呉床」として、魚を獲る「筌」を置いた。魚は獲れず、鹿が獲れ、それを膾にしたが、口に入らずに落ちたので、他の地に遷ったという。巡行する神が、土地で漁猟を行い、食べ物を得ることは、一種の占有の行為であり、その土地の祝福となる。この場合、食べ物は大神の口に入らずに土地に戻っているが、それは今も土地に獲物が残されてあることと両義であると考えられる。その大神が、島村岡を「呉床」にして座っている。島村岡は、神の依り憑く場所であろう[17]。

また、降り来た神とその場所の者との交流・交渉の形態には、次のように或る類型が見られる。

① 故爾、鳴女、自レ天降到、居二天若日子之門湯津楓上一而、言委曲、如二天神之詔命一。　（神代記）

② 爾、塩椎神云、「我、為二汝命（火遠理命）一作二善議一」、即造二無間勝間之小船一、載二其船一以、教曰、「我押二流其船一者、差暫往。将レ有二味御路一。乃乗二其道一往者、如二魚鱗一所レ造之宮室、其綿津見神之宮者也。到二其神御門一者、傍之井上有二湯津香木一。故、坐二其木上一者、其海神之女、見相議者也」〈訓二香木一云二加都良一木〉　（同）

天若日子の真意を尋ねるために派遣された鳴女は、門のある場所に立つ湯津楓の上に降りて勅を告げる。海神の宮を訪問する火遠理命もまた、塩椎神の助言に従って綿津見神の宮の門の傍らの湯津香木の上に降り立っている。門は、定められた領域の入口にあって、領域を内と外とに分ける境界となる。鳴女や火遠理命は、そうした門の傍に立つ樹木に降り立つのである。このように、異界からの訪問者が降る場所が、境界に立つ神聖な木の上であることは注目される。降った先の神と対話を果たすのも、この依り憑いた樹の上においてであった。異界の者との交流・交渉には類型性のあることを考えさせる。タケミカヅチもまた、伊耶佐之小浜という、海と陸の境とも言うべき地に降り立ち、「浪の穂」に剣を刺し立て、「浪の穂」から「剣」が上方へと伸びている状況の中で、その高い処に依り憑いて土地の者との交渉を果たす神と見られる。

折口信夫氏は、「髯籠の話」[18]において、神の依り憑く山、神の天降る場所を「標山」（しめやま）とし、そこには神の依る「喬木」があり、その喬木に高く掲げられるのが「依代」（招く側からは「招代」）であるとする。『播磨国風土記』の大神の場合は、岡（「標山」）に直接坐すが、建御雷神の場合には、海を祭場とし、そこに存する「浪の穂」（「喬木」）に建御雷神の象徴であるところの「依代」、即ち聖なる「剣」の尖端に天降りしたことが表わされており、神の「趺坐」は、神が正しくそこに降り、且つその権威を示す表現と考えられる。

建御雷神が「剣」の尖端に「趺坐」して大国主神と対峙する場面で、刃を上にして力を顕現させる「剣」の状態には、次のような「多知」の表現も想起される。

品陀の　日の御子　大雀　大雀　佩かせる大刀　本つるき　末ふゆ　冬木の　す幹が下木の　さやさや
（応神記歌謡47）

大雀命の大刀を讃める国主の歌である。「本つるき　末ふゆ」は、「本は剣で、末は精霊[19]」と名詞と解するか、或いは「本は吊り佩いていて、末は揺れている」（振ゆ）と動詞とし、「振ゆ」を「霊魂の活動[20]」と解するか、両方の立場がある。「冬木の　す幹が下木の　さやさや」は難解であるが、大雀の佩く大刀と「下木」が重ねあわされているのであり、「剣」の状態に樹木が連想されている。「剣」を逆さまに立てたとき、「末」が上になった状態には、樹木が幹を伸ばすかのような形態上の類似が窺えよう。生命力の充足を窺わせる樹木の幹との類似には霊威の発露が意識されたであろう。

逆さまに刺し立てられた「剣」は、天へ向かう樹木の状態を想起させる。それは、天から降る神が依り憑く場所であり、その様子は神の顕現と捉え得る。同時に、「剣」の尖端に坐す建御雷神は、刃先から霊威を発する「剣」の延長上にある。「剣」の内部から外部へと顕現された存在であるかの如く把握され、あたかも「剣」と一体であるかの如くあらわされているのではないか。建御雷神の「剣」は、建御雷神の所有する武器であり、同時に建御雷神の霊威の表象であるといえる。

5　「浪の穂」に降る神

天つ神が降った地は、「降㆓到出雲国伊耶佐之小浜㆒而」とあることから、そこは、海浜の一部であると考えられる。浜は、海との境界域で、タケミカヅチは国つ神との交渉のためにそこに「剣」を立てたのである。ただし『古事記』では、建御雷神が「十掬剣」を刺し立てる場所は、「浪の穂」とされる。一方、『日本書紀』では五十狭田小浜の「地」に植てたとされ、行為に対する理解が『古事記』とは異なると見られる。では、『古事記』で「波の穂」とされるのは何故であろうか。

「浪の穂」の「ホ」は、

…百足る　槻が枝は　本都枝は　天を覆へり　中つ枝は　東を覆へり　下づ枝は　鄙を覆へり…

（雄略記歌謡100）

のように、あるものの秀でて高いところをいう。「浪の穂」は、浪が立っている、そのもっとも際立って高くとび出しているところのことである。

「浪の穂」は、神や人が常世を往来するときの場面に、次のように記される。

故、大国主神、坐二出雲之御大之御前一時、自二波穂一、乗二天之羅摩船一而、内二剝鵝皮一剝、為二衣服一、有二帰来神一　（神代記）

少名毘古那は天の羅摩船に乗って波の穂から現れたという。常世へは、ミケヌノミコトが「跳二波穂一」（神代記）、「蹈二波秀一」（神武即位前紀戊午六月二十三日）として渡り、また田道間守も「万里蹈レ浪、遥度二弱水一」（垂仁紀九十九年明年三月十二日）とされ、常世の往来は、浪を越え進むものとされた。常世に渡るときの様子が「跳」「蹈」と表わされていることからは、舟をただ浮かべて進むのではなく、押し寄せる浪の頂を蹈み越え、跳躍して進むという理解が窺われる。常世を往来するためのある空間、そこに例えば浪を越え進むための道のような経路を仮定すれば、浜近くに立つ「浪の穂」は、その経路の境、いわば門にあたる場所に高く飛び出してあるものとして把握されたと推測される。或る一瞬、大きな浪が浜辺に寄せたときに浪の穂が立つ。そこに建御雷神が「剣」を刺し立てて顕現する、そうした状況が読み取れよう。先に火遠理命が目無堅間の小船に乗って海神宮に辿りつき、海宮の門の傍の井のほとりの湯津香木に依り憑いたことを見た。天鳥船を従えた建御雷神も、異界から船（天鳥船）に乗り、浪の経路を辿り来て「浪の穂」に出現したと解される。

また、浪に「剣」を刺し立てる、という特異な行為には、次のような例が想起される。

（瓊瓊杵尊は）到二于吾田笠狭之御碕一。遂登二長屋之竹嶋一。…天孫又問曰、「其於二秀起波穂之上一、起二八尋殿一、而手玉玲瓏織紝之少女者、是誰之子女耶」。（事勝国勝長狭は）答曰、「大山祇神之女等、大号二磐長姫一、少号二木花開耶姫一。亦号豊吾田津姫」。云云。皇孫因幸二豊吾田津姫一…秀起、此云二左岐陀豆屡一。

（神代紀第九段一書第六）

天孫瓊瓊杵尊が長屋の竹嶋で見出した大山祇神の娘たちは、「秀き起つる波の穂」の上に起っている八尋殿で機を織っていた。この八尋殿は、神の衣を機織る巫女のこもる忌機殿であると考えられるが、それが「波の穂の上」にあるということは、そこが他者の侵入を制限する場所であることを考えさせる。「浪の穂」に「もの」を固定することは、浪が立っている状態の常態化を示している。浪がそうあるためには、そこに、浪を制禦する力がはたらいていなければならない。

建御雷神の父神である天尾羽張神は、水を制禦する力を有している。天尾羽張神は、伊邪那岐命が迦具土を斬った、その「剣」が神格化した神である。地上への派遣神を決めるに際して、天照大神らは天迦久神を天尾羽張神のもとへ遣わすが、それには次のような事情があった。

且、其天尾羽張神者、逆塞二上天安河之水一而、塞レ道居故、他神、不レ得レ行。故、別遣二天迦久神一可レ問。

（神代記）

天尾羽張神は、天の安の川の水を塞き上げて他者の侵入を拒んでいたという。つまり、「剣」の神が水を制禦しているのである。ここには、「剣」と水に深い繋がりを認める把握のあり方が基層に存すると推測される。そのことは、たとえば、次の記事から考えられる。

次、印色入日子命者、作二血沼池一、又、作二狭山池一、又、作二日下之高津池一。又、坐二鳥取之河上宮一、令レ作二横刀壱仟口一。是奉三納石上神宮一、即坐二其宮一、定二河上部一也。（垂仁記）

印色入日子命は、石上神宮に奉納する「剣」を川上宮で制作したとされる。[21]刀剣の制作過程では通常、一気に熱した刃を水につけ、強度、反り、外見などを決める工程がある。そのために、適当な水場の求められたことが、「剣」と水の関係を強いものとしていると考えられる。水との繋がりは、天尾羽張神が剣神であることによって生じており、建御雷神はその性質を受け継ぐ存在である。『古事記』においては、建御雷神の背後に「剣」と水の関係が意識されていると言えよう。[22]

また、「浪の穂」に降ることは、建御雷神が海上に宿る神であることを考えさせる。

所三以号二粒丘一、天日槍命、従二韓国一度来、到二於宇頭川底一而、乞二宿処於葦原志挙乎命一曰、「汝為二国主一。欲レ得二吾所宿之処一」。志挙、即許二海中一。爾時、客神、以レ剣攪二海水一而宿之。主神、即畏二客神之盛行一而、先欲レ占レ国巡上、到二於粒丘一而湌之。於レ此、自レ口落レ粒。故、号二粒丘一。其丘小石、比能似レ粒。又、以レ杖刺レ地。即、従二杖処一寒泉湧出、遂通南北。々寒南温。（『播磨国風土記』揖保郡粒丘）

天日槍命は、「剣」で海水を攪きまわして自らの宿るところとする。葦原志挙乎命は、その「盛りなる行《わざ》」に畏れをなしたという。天日槍神が海水を攪きまわしてそこに宿るとされる発想の基層には、荒天によって海が激しく浪立つ現象を神の力として説明する意識の存することが考えられる。建御雷神とは、自らを象徴する武器で水面を掻くか、刺し立てるか、という違いはあるが、土地の支配者と交渉・対峙してまず海を占有することは、類似する。それが武力的な威勢をあらわしていることも、両者に共通する。そこには、海の勢いを物ともせず、それを上回る力で荒々しい浪間に顕現する神の姿がある。国譲り神話において、「浪の穂」が立つほどに逆巻く浪は、雷の性質を負う建御雷神がそこに降ったために起こったものであっただろう。そこに想起されるのは、荒天のなかで、激しく、ひときわまぶしく発光する雷である。

海上に雷が落ち、浪が激しく立っている、その一番高い浪の頂点に長大な「剣」が立ち顕われて、「剣」の切先には神が泰然と「趺坐」している。『古事記』では、建御雷神が葦原中国に現われる姿は、そうした激しい光景として劇的に表わされていると言える。

建御雷神は波を制禦して「剣」を逆さまに刺し立てている。『古事記』がここで敢えて刺し立てた、とすることには、建御雷神の持つ「剣」の武器としての質と共に、前述したように占有の意識を示唆する意図があると考えられる。ただし、それればかりでなく、立てるために「刺した」とあることは、不安定な浪に「剣」を揺るぎなく立てる意図をも負っていよう。『日本書紀』が浜に「剣」が逆さまに立てられたことを「倒植」とし、状況をそのままに伝えていることと、その表現の差は明確である。

雷は、高い場所や金属に落ちやすい。海上に雷が発生した時、それは天候が荒れて高くうねり立つ「浪の穂」に落ちると考えられたのではないか。「浪の穂」に立てられた「剣」は、雷の性質を負う神の「依代」と見られるが、同時に、依り憑く神の性質を表わし得ていると推測される。

6　建御雷神の「剣」

「十掬剣」は、剣身を顕わにして刺し立てられた。長大な「十掬剣」の刃は、そこに光を受けたとき、その反射によって強烈な光を放つことが想像される。反射される光は、「剣」自体の霊威として把握され得るが、その尖端に雷の性質を負う建御雷神が依るとされるとき、「剣」の輝きは雷電の輝きとして理解される。「剣」は、神と一体となって、神の威勢、神の負う性質を表わす表現となり得ている。輝く「もの」が建御雷神から発されて「浪の穂」に突き立つ光景は、雷電が地上に激しく降る姿に他ならない。

「剣」が帯びる輝きや威力を雷電に譬えることは、漢籍においては珍しいことではない。たとえば、晉・張協〈景陽〉「七命八首」四（『文選』巻三五）には、

大夫曰、楚之陽剣、歐冶所営…光如散電、質如耀雪。霜鍔水凝、氷刃露潔

と見え、李善注に「『荘子』曰、此剣一用如㆓雷霆㆒之震也」とあるごとくである。漢籍に見られるこのような方法も、建御雷神の「剣」が雷電を表象するものであるという理解に説得力を持たせたに相違ない。刺されて立つ「剣」は雷電と重ね合わされることで、国譲りにおける天つ神の武力の優位性、国つ神に対する威圧を印象付ける。

雷神が直線型の武器に化すことは『山城国風土記』逸文「加茂社」の話における火雷命がある。火雷命は、丹塗矢となって石川瀬見小川の川上から流れ下り、玉依日売と結婚したという。「矢」は、雷の勢いよく堕ちるさまの表象であるだろう。「剣」もまた、武器としての勢いと刃の閃きに雷の性質との共通性が把握されたと考えられる。このような、建御雷神の性質の意味づけは、『古事記』ばかりに意図的なのではない。

『日本書紀』が武甕槌（雷）神の名を「甕（ミカ）」字を用いて表わしていて、その属性が強く見られるとしても、[23]「ツチ」に「槌」もしくは「雷」字が選択されていることには、雷神の性質を有する神に対する理解が同時に示

されていると考えられる。「槌」は、力強く振り下ろされ、破壊力を有する「もの」であり、それは雷の威力に重ね合わされるからである。

『古事記』は、建御雷神が雷の性質を負うあり方に対してより積極的である。それはまず神名の表記にあらわれているが、見て来たように文脈においても整合性を認められる。建御雷神が雷神であることによって、『古事記』においては、刺し立てられた「剣」はまさしく、雷神が雷電を発する、その表象であり得たのである。

建御雷神が国譲りのときに持っていた「剣」は、その後、神武東征譚の神剣降下の場面で、再び必要とされる。次にその場面を見たい。

神武天皇は東征の折、熊野で土地の神の妨害に遭い、兵士ともども失神する。これを憂えた高木神と天照大神は建御雷神に助けるよう命じ、建御雷神は次のように答えて応じた。

僕雖レ不レ降、専有下平二其国一之横刀上、可レ降二是刀一〈此刀名、云二佐士布都神一。亦名、云二甕布都神一。亦名、布都御魂。此刀者、坐二石上神宮一也〉。降二此刀一状者、穿二高倉下之倉頂一、自レ其堕入。
（神武記）

「平国之横刀」は、先の国譲りで建御雷神が持って降り、浪の穂に刺し立てた「十掬剣」に他ならない(24)。建御雷神はこれを庫の頂を穿ち、堕とし入れたという。同じ場面は、『日本書紀』には次のように見られる。

…武甕雷神対曰、「雖二予不一レ行、而下二予平国之剣一、則国将二自平一矣」。天照大神曰、「諾〈諾、此云二宇毎那利一〉」。時武甕雷神登謂二高倉一曰、「予剣号曰二韴霊一〈韴霊、此云二赴屠能瀰哆磨一〉。今当レ置二汝庫裏一。宜二取而献一之天孫一」。高倉曰二「唯唯一」而寤之。明旦、依二夢中教一、開レ庫視之、果有二落剣一、倒立二於庫底板一。
（神武即位前紀）

建甕雷神は高倉の夢で、庫のなかに「剣」を置こうと言い、明くる朝、「剣」は庫の底板に逆さまに立っていたという。この記述では、建甕雷神が「剣」をどのように堕とし入れたか、ということへの言及はなく、どのように置くかに重点が置かれている。降されたときの様子が国譲りの時と同じ状態であることが強調されているのである。

「剣」を庫の頂を穿ち入れたという『古事記』の記述には、先に挙げた『山城国風土記』逸文「加茂社」で、火雷命の子・可茂別雷命が父神のもとへ昇天する場面が想起される。

即挙二酒杯一、向レ天為レ祭、分二穿屋甍一、而升二於天一。乃因二外祖父之名一、号二可茂別雷命一。

（『山城国風土記』逸文、『釈日本紀』（前田家本）巻九「頭八咫烏」）

外祖父に、父親へ酒杯をささげるように言われた孫（可茂別雷命）は、それを天に挙げ、屋根を分け穿ち、去ったという。これは雷神の子が天に、すなわち自分の居るべきところへ、雷が落ちるのとは逆に、昇って行ったものと解される。神武記の場合も、屋を穿ち壊してものを落し入れることは、強力な力による破壊を意味し[25]、建御雷神の発言は、それへの警戒を促す効果を持つと考えられる。倉の内部は、それによって神が降り立つ聖域と化したであろう。屋を穿つさまには、雷が高いところへ落ちる現象が聯想される。

建御雷神の手を離れ、単独で降下させられた「剣」は、布都御魂（佐士布都神・甕布都神）として神格化され、『古事記』では、石上神宮に祀られたと割注に伝える。「剣」の名にあらわされるフツの語は、建御雷神の亦名として建布都神・豊布都神の名にも見られる（神代記迦具土神被殺の場面）。

フツは従来ものを断ち切る音をあらわすとされる[26]が、『日本書紀』に見られる「韴」字は、原本系『玉篇』に

「才市反、字書、断声也」と見え、音は「サフ」、声の途切れることを表わす語である。また、倭語「フツ」は、「都《ふつ》に」「尽《ふつ》くに」のように「すべて」の意をもつ。フツが「剣」の魂の名であるのは、「剣」を抜き放ったとき、それがすべてのものの音を吸収するかのような霊威、一瞬にしてすべてが切り伏せられるような霊威を表わすためであると考えられる。それは、雷が落ちる時、稲妻が見えた後に感じる一瞬の静けさと緊張に似る。神武記で降下される「剣」は、建布都神・豊布都神の名を有する建御雷神からフツの要素を分離させたものと考えられる。

建御雷神は、『古事記』において力強い雷の性質を負う武神として現われる。この神が伊耶佐之小浜に降る際、「浪の穂」に逆さまに刺し立てる「十掬剣」は、建御雷神の武器として強大な武力を表わすとともに、雷の性質を示す表現としてあることを見た。

「浪の穂」に刃を上に向けて立てられた「剣」は、雷の性質を帯びる神が依り憑く「依代」であると同時に、刃に発せられる霊威が上に向かって顕現していることを示す「もの」として表わされていると解される。また、そのように建御雷神が依り憑く「剣」は、趺坐する神と一体としてあり、光輝く雷電の表象となり得ていると理解される。

建御雷神の「剣」は、神話における意味を負いつつ、神武記の神剣降下の条に「平国之横刀」として現われる。それは、建御雷神の霊威を有している。ただし、人の世に降下される「横刀」は、神と共には既になく、独立した魂を持つ「もの」として祭祀の対象となるのである。

注

(1) 諸注、タケミカヅチは雷神であり剣神であるとする。ただし、どういった側面においてそれを認めるかということについては、定説を見ない。なお、記伝は「雷」も「甕」も借字として「〈雷ノ字に付て意を思ふはひがことなり〉」とする。

(2) 吉井巖「タケミカヅチノ神」『天皇の系譜と神話』二、塙書房、昭和五一年

(3) d大田田根子の系譜に武甕槌神とされるが、系譜のみの登場であり、建御雷神と同一神であるかは、断定し難い。

(4) 大林太良氏は『剣の神・剣の英雄　タケミカヅチ神話の比較研究』（法政大学出版局、昭和三四年）で直立する剣のモチーフが、スキタイのアレスの鉄剣やアラン族の軍神マルス信仰、モンゴルのチンギス・ハンの象徴などに見えることを指摘する。ただし、これら直立する剣に類似が認められるとしても「逆さま」に立てたその先端に坐すというタケミカヅチの姿は特異であるといえる。

(5) 伊耶那岐がカグツチを斬る剣、黄泉国から逃げるときに後手に振る剣、神代記ウケヒの場面の須佐之男命の剣、火遠理命の剣。

(6) 『日本書記』は「十握剣」に表記が統一されている。

(7) 晉・陸機〈士衡〉「擬古詩　擬渉江采芙蓉」（『文選』巻三十）「采采不盈掬、悠悠懐所歓」の李善注にも『毛詩』が引かれる。

(8) 土橋寛『古代歌謡全注釈　古事記編』角川書店、昭和四七年

(9) 内田賢徳『萬葉の知』第一章―四、塙書房、平成四年

(10) 日本思想大系『古事記』、補注（上巻）一一四頁。『日本書紀』に「大葉刈」とあることから「刃」「刈り」の意で取る説もある。

(11) 『古事記伝』に真淵の説として見える。

(12) 「さす」については平舘英子氏「触れられる自然」『萬葉歌の主題と意匠』第三章第一節、塙書房、平成一〇年を参照。

(13) 本書第一章第一節「杖考」

(14) たとえば、次のような例が挙げられる。

又、筑紫伊覩県主祖五十迹手聞二天皇之行一、抜二取五百枝賢木一、立二于船之舳艫一、上枝掛二八尺瓊一、中枝掛二白銅鏡一、下枝掛二十握剣一、参二迎于穴門引嶋一献之。因以奏言、「臣敢所三以献二是物一者、天皇如二八尺瓊之勾一以曲妙御宇、且如二白銅鏡一以分明看二行山川海原一、乃提二是十握剣一平二天下一矣」。天皇即美二五十迹手一曰、「伊蘇志」。故時人号二五十迹手之本土一曰二伊蘇国一。今謂二伊覩一者訛也。（仲哀紀八年正月四日）

(15) 本書第一章第三節―二、「『播磨風土記』異剣伝説」参照。

(16) 『日向国風土記』逸文には、刃を持たない剣が見える。

昔者、自レ天降神、以二御剣柄一、置二於此地一。因曰二剣柄村一。後人改曰二高日村一。其剣之柄、居レ社敬祭、名曰二三輪神之社一。

（『日本書紀』兼方本下巻裏書三一、「皇孫則到筑紫日向高千穂槵触之峰」）

(17) 神話においては神の坐す姿としてあらわされるが、祭祀においても王は「あぐら」に坐したことが、雄略記の吉野の童女の例から知られる。人物埴輪には、王のそうした姿と解されるものが発見されている。神谷作101号墳（福島県いわき市、六世紀）、綿貫観音山古墳（群馬県高崎市、六世紀後半）など（若狭徹『もっと知りたい埴輪の世界 古代社会からのメッセージ』東京美術、平成二一年）。

(18) 『折口信夫全集』二、初出は『郷土研究』大正四年四月

(19) 尾崎暢殃『古事記全講』加藤中道館、昭和四一年

(20) 日本古典文学大系『古代歌謡集』

(21) 垂仁紀三十年十月条にも同様の内容が見える。

(22) 記においては、天尾羽張神と建御雷神が、資質を共有している。「逆に天安河の水を塞き上げ」、「剣を逆に刺し立て」と敢えて「逆」という語を用いることにも記は意識的であると言えるだろう。

(23) 前掲注2

(24) この「平国之横刀」を「十掬剣」と同じものと見る説はあまり見られないが、天上から降される剣・刀の呼称が地上では異なることは、たとえば「草那芸之大刀」→「草那芸剣」の例にも見られる。『日本書紀』では神武天皇に降したものを「剣」

としている。また、降下される際の状況が国譲りの場面と重なり合うことから、「十掬剣」と同じものであると見てよいと思われる。

(25)「天照大御神、坐二忌服屋一而、令レ織二神御衣一之時、穿二其服屋之頂一、逆二剝天斑馬一剝而、所二堕入一時、天服織女、見驚而、於レ梭衝二陰上一而死〈訓二陰上一云二富登一〉」（神代記）

(26) 記伝に「師ノ字、広韻玉篇などに、断声と注せる意を以て、用ひられたるなるべし…然れば此劔の利して、物を利く断放つ意を以称へつる御名なるべし」（「布都御魂」項）と見える。

二　『古事記』倭建命の「御刀」

1　二つの「御刀」

倭建命は、西・東の征討譚において、いくつかの剣や刀を手にしている。それらは、各場面に応じた役割を有し倭建命の物語に機能していると考えられる。そのうち、小稿では『古事記』東征譚[1]における二つの「御刀《みはかし》」を取り上げる。「御刀」とされるものの一つは、伊勢の倭比売命から渡された「草那芸剣」、もう一つは、遠征の途次に尾津前の一つ松の許に忘れて後に再会を果たす「御刀」である。いずれも文中に「御刀（歌中では「多知」）」の表記を持つ。二つの「御刀」は東征譚の中でどのような役割と意図を担っているのであろうか。

まず、『古事記』の文脈に沿って、東征譚において「御刀」が現われる場面をあげる（1）～（5）。

（1）因レ此思惟、猶所レ思ニ看吾既死一焉、患泣罷時、倭比売命、賜ニ草那芸剣一〈那芸二字以レ音〉、亦、賜ニ御囊一而、詔、若有ニ急事一、解ニ茲囊口一。

（2）故、知レ見レ欺而、解ニ開其姨倭比売命之所レ給囊口一而見者、火打、有ニ其裏一。於レ是、先以ニ其御刀一刈ニ撥草一、以ニ其火打一而打ニ出火一、著ニ向火一而焼退、還出、皆切ニ滅其国造等一、即著レ火焼。故、於レ今謂ニ焼遣一也。

（3）故爾、御合而、以ニ其御刀之草那芸剣一、置ニ其美夜受比売之許一而、取ニ伊服岐能山之神一幸行。

倭比売から渡された「草那芸剣」（1）は、倭建命と共に東国を巡る。具体的な活用が見られるのは、（2）駿河国での危機においてである。倭建命が国造に騙されて野火の難に遭った時、草を刈り撥い、国造らを切り滅したとされる。その後、東国を巡って尾張国へ戻った倭建命は、伊服岐能山の神を取りに出ることとなり、その時、「草那芸剣」を美夜受比売の許に置いてゆく⑶。

尾津前の一つ松の「御刀」が物語に現われるのは、倭建命が伊服岐能山の神から病を得、そのまま倭国の方へに向かう途中、次第に歩行が困難になる場面においてである。建は、当芸野で歩くことができないほど疲労しつつも歩みを進めるが、いよいよ困憊したために杖を衝いて先を行く（杖衝坂）。そのような状態で尾津前に辿り着いたのであった。

⑷　到二坐尾津前一松之許一、先御食之時、所レ忘二其地一御刀、不レ失猶有。爾、御歌曰、

尾張に　直に向へる　尾津崎なる　一つ松　吾兄を　一つ松　人にありせば　多知佩けましを　衣着せましを　一つ松　吾兄を　（記歌謡29）

「御刀」は、倭建命がかつて「御食」した時に忘れたもので、ここで再会を果たしたとされる。尾津前からさらに進んでゆき、結局、倭建命は、倭に辿り着くことも、尾張に再び赴くこともかなわず、瀕死となり、伊勢国の能煩野で次の歌を残して、死に至る。

⑸　嬢子の　床の辺に　我が置きし　都流岐能多知　その多知はや　（記歌謡33）

⑸で詠まれる「都流岐能多知」は、美夜受比売の許に置いて来た「草那芸剣」に他ならない。

右に見える二つの「御刀」のうち、倭比売から渡されたそれは「草那芸剣」の名を持つのに対して、尾津前の一つ松の許に忘れたそれは「御刀」とのみあり、名を持たない。後者は元々、倭建命が所有していたものと推測される。右の文中において、「草那芸剣」が倭建命の東征に従い、後に美夜受比売の許に置かれたままになるの

に対して、一つ松の「御刀」は東征の初期に尾津前に忘れられ、東征の末期に再会している。両者はともに「御刀」とされながら、倭建命との関わり方が大きく相違すると考えられる。

なお、尾津前に忘れられた「御刀」との再会譚は、『日本書紀』には次のように見える。

（胆吹山《いぶきのやま》から下山した）日本武尊於レ是始有二痛身一。然稍起之、還二於尾張一。爰不レ入二宮簀媛之家一、便移二伊勢一而到二尾津一。昔日本武尊向レ東之歳、停二尾津浜一而進食。是時、解二一剣一置二松下一、遂忘而去。今至二於此一、剣猶存。故歌曰、

尾張に　直に向へる　一つ松あはれ　一つ松　人にありせば　衣著《きぬ》せましを　多知佩けましを（紀歌謡27）

逮二于能褒野一、而痛甚之。…既而崩二于能褒野一。時年三十。（景行紀四十年是歳）

『日本書紀』では、日本武尊は胆吹山からいちど尾張国に帰ったとされるものの、やはり宮簀媛のところへは立ち寄らず、その後一つ松の「剣」と再会する。ここでも「草薙剣」との再会はないが、『古事記』とは異なり(5)「嬢子の　床の辺」に対応する歌は記されない。

記紀はともに「草那芸剣」（「草薙剣」）を置いて出た倭建命が、山の神と対峙して打ち惑わされ、困憊した状態でかつて忘れた「御刀」（紀では「剣」）と再会する、という展開となっている。ただし注意されるのは、『古事記』における「御刀」という表現である。『日本書紀』は尾津浜に置き忘れたものを単に「剣」とし、「草薙剣」とそれを同じ呼称で示すことはない。またいずれの「剣」に対しても「御」は冠せられていない。『古事記』が二つの「もの」を、共に「御刀」とする点には、「御刀」の語を介して、それらを対応させる表現上の意図が見られるのではないか。ことばの選択は、物語の展開に応じた表現としてあるはずである。小稿では(1)から(5)の場面に

おける「御刀」の表現の意図を探り、それが物語の展開において何を表わすのか、検討したい。

2　「草那芸剣」の質

日本において剣・刀は、自らの身を守るために用いる殺傷性の高い武器として古代より進化した。武器としての利用以外にも、装飾性の高い装身具として腰に佩びる者の権威を表わしたり、祭祀の場において神の依り代ともされた。また、剣・刀は神そのものとしても祀られることもあり、「もの」自体に霊力の宿る呪具として把握された。「御刀」という表現の前提には、そうした、剣・刀の質が反映しているはずである。

剣・刀が呪性を有する「もの」と把握される根底には、このような武器を持つときに湧き起る興奮が存すると考えられる。それは、戦いにあって最も表出するといえる。

於レ是、宛二八十建一、設二八十膳夫一、毎レ人佩レ刀、誨二其膳夫等一曰、聞レ歌之者、一時共斬。故、明レ将レ打二其土雲一之歌曰、

忍坂の　大室屋《おほむろや》に　人多《さは》に　来入り居り　人多に　入り居りとも　厳々《みつみつ》し　久米の子が　頭椎い　石槌い持ち　打ちてし止まむ　厳々し　久米の子らが　頭椎い　石槌い持ち　今撃たば宜《よら》し　（記歌謡10）

如此歌而、抜レ刀一時打殺也。（神武記）

武器を向けられる時に生じる恐怖、武器を手にする時に生じる高揚は、常ならぬ興奮として、身体を廻る。精神の高ぶりが武器の所持と同時に在るという実感は、その興奮が剣・刀という「もの」によって齎されているということを自覚する経験となると考えられる。そうした経験は、剣・刀それ自体に霊力が宿るという把握を促すの

ではないか。

剣・刀の霊力が、破壊する力としてはたらく一方、「布都御魂」が昏倒した神倭伊波礼毘古命と御軍を正気に戻したように、覚醒させる力としてもはたらくのは、剣・刀が興奮を齎す「もの」として、持つ者の魂を高揚させると考えられたためであろう。剣・刀の身の大部分を占める、熱に耐え、極限に鍛えられた金属の刃は、輝きを持つと同時に、人の生死に関わって血に覆われる。その感覚が持つ者の身体に伝わる距離は、他の武器に比して極めて短く直接的である。強靱かつ凄惨な「もの」に呪性が把握されることは、自然なことであった。

「もの」自体に霊力が把握され、呪具としてある武器は、剣・刀のほかにも弓矢や桙などが想起されるが、なかでも剣・刀が、極めて独立性の高い「もの」として理解されていたことが、名を与えられ、神格化する剣・刀の存在から窺われる。

於レ是、阿遅志貴高日子根神、大怒曰、「我者、有二愛友一故、弔来耳。何吾比二穢死人一」云而、抜下所二御佩一之十掬剣上、切二伏其喪屋一、以レ足蹶離遣。此者、在二美濃国藍見河之河上一喪山之者也。其、持所レ切大刀名、謂二大量一、亦名、謂二神度剣一〈度字以レ音〉。（神代記）

時味耜高彦根神忿然作色曰、朋友之道、理宜二相弔一。故不レ憚二汚穢一、遠自赴哀。何為誤二我於亡者一、則抜二其帯剣大葉刈一〈刈、此云二我里一。亦名二神戸剣一〉、以斫二仆喪屋一。此即落而為レ山。今在二美濃国藍見川之上一喪山是也。世人悪二以レ生誤一レ死、此其縁也。（神代紀第九段正文）

阿遅志貴高日子根神（味耜高彦根神）が持つ「剣」は、「大量」（「大葉刈」）・「神度剣」（「神戸剣」）という名のあるものであった。名は、その「もの」が固有なることを示し、その「もの」の「本質的な勢能」[2]を表わす。このような「剣」の存在は、阿遅志貴高日子根神（味耜高彦根神）のものではあるが、「剣」それ自体としても霊能をもつことを考えさせる。

剣・刀に名をつけることは、「五十瓊敷命居㆓於茅渟菟砥川上宮㆒、作㆓剣一千口㆒。因名㆓其剣㆒謂㆓川上部㆒。亦名曰㆓裸伴㆒〈裸伴、此云㆓阿箇播娜我等母㆒〉。蔵㆓于石上神宮㆒也」（垂仁紀三十九年十月）とあるように、それが造られた時点で行われる、或は、それが造られた事情を由来として行われることがある。そうした名を持つ剣・刀は、特別な「もの」として運命づけられるが、そこには本来、独自の霊能を有することが期待されたと考えられる。

於㆑是、伊耶那岐命、抜㆘所㆓御佩㆒之十拳剣㆖、斬㆓其子迦具土神之頸㆒。爾、著㆓其御刀前㆒之血、走㆓就湯津石村㆒、所㆑成神名、石析神。…故、所㆑斬之刀名、謂㆓天之尾羽張㆒。亦名、謂㆓伊都之尾羽張㆒。（神代記）

迦具土神の頸を斬った伊耶那芸命の「十拳剣」は、その身を通って流れ落ちた血に神々を生じさせる。天之尾羽張（伊都之尾羽張）と名付けられたこの「剣」は、のちに建御雷神の親神であることが明かされる。

また、神代記における「剣」は、伊耶那芸が佩く「もの」として霊威を発揮したことを由来として、名が附与され、独立した神格を持つに至っている。このように、それ自体に霊力が見られることは、それ自体の独立性を保証することにも繋がり、持ち主との関係性を継承しつつ、その力は譲渡されるものとなり得る。

故爾、追㆓至黄泉比良坂㆒、遙望、呼謂㆓大穴牟遅神㆒曰、「其、汝所㆑持之生大刀・生弓矢以而、汝庶兄弟者追㆓伏坂之御尾㆒、亦、追㆓撥河瀬㆒而、意礼、〈二字以㆑音〉為㆓大国主神㆒、亦、為㆓宇都志国玉神㆒而、其我之女須世理毘売為㆓適妻㆒而、於㆓宇迦能山〈三字以㆑音〉之山本㆒、於㆓底津石根㆒宮柱布刀斯理〈此四字以㆑音〉、於㆓高天原㆒氷椽多迦斯理〈此四字以㆑音〉而居。是奴也」。故、持㆓其大刀・弓㆒、追㆓避其八十神㆒之時、毎㆓坂御

尾一追伏、毎二河瀬一追撥而、始作レ国也。（神代記）

須佐之男神は、大穴牟遅神が持って逃げた「生大刀・生弓矢」を譲り渡す宣言をする。「生大刀・生弓矢」は、「生き生きとした」霊力を有し、庶兄弟を追い払って国を作る助けとなる。須佐之男神からそれらを譲渡されることは、支配者としての権力そのものを渡されることであると解される。

剣・刀の譲渡によって霊力を受け渡すことは、高天原から地上へも行われる。神倭伊波礼毘古命一行が熊野で神の毒気にあたって倒れたとき、一振りの「横刀」がそれを救う。

故、神倭伊波礼毘古命、従二其地一廻幸、到二熊野村一之時、大熊、髣出入、即失。爾、神倭伊波礼毘古命、儵忽為二遠延一及、御軍、皆遠延而伏〈遠延二字以レ音〉。此時、熊野之高倉下〈此者、人名〉、齎二一横刀一、到二於天神御子之伏地一而献之時、天神御子、即寤起、詔、「長寝乎」。故、受三取其横刀一之時、其熊野山之荒神、自皆為二切仆一。爾、其惑伏御軍、悉寤起之。（神武記）

霊力は、献上を受けた神倭伊波礼毘古命を目寤めさせ、命が持つことによってより大きな力を発揮する。「横刀」が、天孫への国譲りを果たした建御雷神の「平国」の「横刀」であることは、この神による次の説明で明らかにされる。

僕雖レ不レ降、専有下平二其国一之横刀上、可レ降二是刀一〈此刀名、云二佐士布都神一。亦名、云二甕布都神一。亦名、布都御魂。此刀者、坐二石上神宮一也〉。降二此刀一状者、穿二高倉下之倉頂一、自レ其堕入。故、阿佐米余玖〈自レ阿下五字以レ音〉、汝、取持献二天神御子一。

神が降した「横刀」（紀では「剣」）は、「フツ」の名を有する（紀では「韴霊」）（神武天皇即位前紀戊午年六月二十三日）。

この横刀は、建御雷神に返されることなく、神として石上神宮に祀られる。建御雷神の霊力を内包しつつ、「平国」を果たすことのできる霊力を持つ「もの」として、神格を有するのである。

神格を有する剣・刀は、人の世界においても、「もの」自体の意志で霊力を発動させる。中には、自ら動くものがある。垂仁天皇は、新羅の王子である天日槍の曾孫清彦に、天日槍が将来した神宝を献上するよう命じる。その中に、「出石刀子（小刀）」があった。

唯有二小刀一一。名曰二出石一。則清彦忽以レ為非レ献二刀子一、仍匿二袍中一、而自佩之。天皇未レ知下匿二小刀一之情上、欲レ寵二清彦一、而召之賜二酒於御所一。時刀子従二袍中一出而顕之。天皇見之、親問二清彦一曰、「爾袍中刀子者何刀子也」。爰清彦知レ不レ得レ匿二刀子一、而呈言、「所レ献神宝之類也」。則天皇謂二清彦一曰、「其神宝之豈得レ離レ類乎」。乃出而献焉。皆蔵二於神府一。然後、開二宝府一而視之、小刀自失。則使レ問二清彦一曰、「爾所レ献刀子忽失矣。若至二汝所一乎」。清彦答曰、「昨夕、刀子自然至二於臣家一、乃明旦失焉」。天皇則惶之、且更勿レ覓。是後出石刀子自然至二于淡路嶋一。其嶋人謂レ神、而為二刀子一立レ祠。是、於レ今所レ祠也。（垂仁紀八十八年七月十日）

「出石刀子」は自ら動く霊力を有する。隠していた清彦の袍から顕われ、石上神宮の神府に蔵められるが、自ずからに失せて、清彦の家に現われた後、そのまま淡路島に渡り、島民によって祀られているという。「刀子」自体が、祀られる場所を求めて移動するのである。「刀子」が神府から勝手に失せたことに対して天皇は惶れをなし、それを覓めることを止めたとされる。意志をもって自ら動く霊力を持つ「もの」は、恐れの対象でもあった。それは、存在するだけで、強い影響力を持った。

『日本書紀』が記す「草薙剣」には、こうした霊力を発揮する剣・刀としてのあり方が見られる。

是歳、沙門道行盗二草薙剣一、逃二向新羅一。而中路風雨、芒迷而帰。
（天智紀七年是歳）

戊寅、卜二天皇病一、祟二草薙剣一。即日、送二置于尾張国熱田社一。
（天武紀朱鳥六年六月十日）

『日本書紀』に見られる「草薙剣」は、日本武尊が亡くなったのち、いずれかに保管され(3)、天智朝に、僧道行によって盗み出されたという。新羅に向かう途中で遭遇した風雨は、「草薙剣」の霊威を想起させる。そして、天武天皇に対しては、明確に「草薙剣」が祟ったとされている。ある存在が祟る理由は、崇神朝における大物主神（記・紀）や、肥前国基肆郡の姫社の神（『肥前国風土記』）が、それぞれの求める人物による祭祀を要求して祟るように、それが正しく扱われていないことに起因する。「草薙剣」が熱田社に送られることは、先の「出石刀子」が祠に納められたのと同様、熱田社において祭祀の対象とされることを意味すると考えられる。「剣」は、自らそれを求めている。

剣・刀を持つ者と持たれる「もの」との関係は、多くは一時的なものとして現われる。持つ者が手放したとき、剣・刀と所有者との紐帯は一旦切れて記憶となり、独立した「もの」となるからである。そうした剣・刀を再び手に入れるような譚は、あまり見られない。

熱田社者、昔、日本武命巡二歴東国一還時、娶二尾張連等遠祖宮酢媛命一、宿二於其家一。夜頭向レ厠、以二随身剣一、掛二於桑木一、遺之入レ殿。乃驚、更往取レ之、剣有レ光如レ神。不レ把レ得レ之。即謂二宮酢姫一曰、「此剣神気。宜奉斎之、為二吾形影一」。因以立レ社。由レ郷為レ名也。
（『尾張国風土記』逸文（釈日本紀巻七「草薙剣」））

後世に「草薙剣」の異伝とされる譚である(4)。桑の木に掛けたまま忘れられた「剣」は、光を放って神の気を帯び、手に取ることができなかったという。それを日本武尊が、自分の「形影」とせよとする発言には、本譚における尊の特別な位置づけが窺われるが、この「剣」の譚は、持つ者の手から離れて独立した、霊能のある「剣」が、再びもとの所有者の「もの」とはならない点が注意される。

『古事記』では「草那芸剣」が、自らの意志によって動くことは記されないが、『日本書紀』などの記述がその独立性を語ることを参考にすると、八俣大蛇の体内から須佐之男が取り出して高天原に献じた「剣」であるという来歴は、それが神代における八俣大蛇の霊力そのものとしてあることを考えさせる(5)。蛇の霊力の源であるところの「剣」の力は、神の佩く「十拳剣」が毀れるほどであった。その力は、高天原のものとして管理された後、倭建命に渡され、東征を共にすることとなる。

強い霊力を有するこうした剣・刀は、独立を志向し、持つ者を助けることがあるが、時に自ら動いて人を翻弄する「もの」として表現されている。そうした剣・刀を身に佩びるためには、それを御す力を有することが求められるのではないか。

3　「御刀」—剣・刀を佩く表現—

剣・刀は、「所佩」という表現を冠して表わされる場合がある。

且後者、於㆓其八雷神㆒、副㆓千五百之黄泉軍㆒令㆑追。爾、抜㆘所㆓御佩㆒之十拳剣㆖而、於㆓後手㆒布伎都々〈此四字以㆑音〉逃来。（神代記）

伊耶那岐が黄泉国から逃げる時、追ってきた黄泉の神たちを退けるために、「十拳剣」を「後手」に振って逃げたという。その「剣」を抜く場面で、「十拳剣」は「所㆓御佩㆒之」（御佩かしせる）(6)と冠されている。剣・刀に

「所御佩之」「所佩之」「御佩之」と冠して表わす手法は、『古事記』では、「十拳（掬）剣」に慣用句のように見られるほか、「取佩頭椎之大刀」（神代記）、「所佩之紐小刀」（神代記）、「所佩御刀」（応神記）などと見え、歌謡においても、「波祁流多知」(23)、「波加勢流多知」(47)、「取佩　於大刀之手上」(104)の例がある。

剣・刀が使われることの中には、事前にそれを携帯しているという了解があるはずである。にもかかわらず、「所佩」といった表現が剣・刀に冠されるのは、何故であろうか。

次のような場合においては、佩く行為そのものが、意味を持つ。

　于レ時大伴連遠祖天忍日命、帥二来目部遠祖天槵津大来目一、背負二天磐靫一、臂著二稜威高鞆一、手捉二天梔弓・天羽羽矢一、及副二持八目鳴鏑一、又帯二頭槌剣一、而立二天孫之前一。（神代紀第九段一書第四）

天忍日命と大来目命とが地上に降る天孫を守護する先達として武装している。天孫の前に立つために、「弓矢」を手に捉り、「剣」を帯びるのである。

　爾、倭建命、自レ河先上、取二佩出雲建之解置横刀一而、詔、「為レ易レ刀」。故、後出雲建、自レ河上而、佩二倭建命之詐刀一。（景行記）

この場合、倭建命が出雲建をだまし討ちにする手段を記すにおいて、剣・刀を佩く姿や佩く行為を示すことが必要とされる。「詐刀」と交換するにあたって、出雲建が何を佩びているかが問題となるため、「取佩」はその状態を説明する表現としてある。

一方、伊耶那岐の「後手」の「剣」のような場合、文脈上は、「剣」を抜いてどのように使ったかということが示されればよく、その「剣」を伊耶那岐が佩いていたかどうかということは、内容には直接関わらないように思われる。しかし、優れた武器の力が充分に発揮されるには、優れた技能を有する者に持たれなければならないように、剣・刀の霊的な威力が発揮されるには、それを持つ者もその力に釣り合う質を具えていなければならないはずである。「所佩」という表現には、剣・刀を佩くということの内に、それを御すということが含まれていることが了解されていたであろう。

是時兄還㆓弟弓矢㆒而責㆓己鉤㆒。弟患之、乃以㆓所㆑帯横刀㆒作㆑鉤、盛㆓一箕㆒与㆑兄。（神代紀第十段一書第二）

彦火火出見尊が、海のサチを齎す「鉤」の代わりを作るための材料は、自らが帯び、サチの呪能を交感しているはずの「所帯横刀」でなければならなかっただろう。「所佩」「所御佩」という表現には、剣・刀自体が霊的な質を有して独立を志向する武器であることと呼応して、佩く者がその霊力を御しつつそれと交感し、剣・刀を通して力を発揮することが把握されている。剣・刀を身に着けてあると表わすことには、持つ者と持たれる「もの」との間に強い連繋が生じているという意識が存したと考えられる。

前節で見た剣の神、天之尾羽張（伊都之尾羽張）は、もとは伊耶那岐の佩く「十拳剣」である。伊耶那美を炙いた火之迦具土神の頸を切り、剣身に滴る血に神々が生じるのは、伊耶那岐の霊威に由来すると考えられるが、「十拳剣」自体が「剣」としての機能においてそれを顕現させる霊力を有していたと考えられる。『古事記』において、「十拳剣」は、すぐれて神の武器であった。そして、この「十拳剣」は、『古事記』では敬称を伴って「御刀」とも表わされている。それは、持つ者と持たれる「もの」との関係が強く意識された表現なのではなかったか。

「御刀」は、景行記と応神記との例が、それぞれ「多知佩けましを」（記歌謡29）「佩かせる多知」（記歌謡47）と対応する点からは、「たち」の訓が考えられる。ただし、景行天皇が襲国で得た妃の名が「御刀媛〈御刀、此云二弥波迦志一〉」（景行紀十三年六月）とあることによれば、「みはかし」（接頭語「み」＋敬語動詞「はかす」）と訓み、貴人がお佩きになる「もの」であるところの剣・刀の意と考えられる。御刀媛の名は、天皇の妃としてふさわしいものであっただろう。『日本書紀』には剣・刀を「御刀」と表わす例は見出せないが、『古事記』においては、以下の場面に見出せる。

①迦具土神を斬る場面（既出）

②八俣大蛇を斬る場面

爾、速須佐之男命、抜下其所二御佩一之十拳剣上、切二散其蛇一者、肥河、変レ血而流。故、切二其中尾一時、御刀之刃、毀。爾、思レ怪、以二御刀之前一刺割而見者、在二都牟羽之大刀一。故、取二此大刀一、思二異物一而、白三上於二天照大御神一也。是者、草那芸之大刀也〈那芸二字以レ音〉。（神代記）

③倭建命東征の場面（既出）

・「以二其御刀一刈三撥草二」「御刀之草那芸剣」＝草那芸剣

・「所レ忘二其地一御刀、不レ失猶有」＝一つ松の許の「御刀」

④大雀命の佩く「多知」を吉野の国主が讃める場面

又、吉野之国主等、瞻二大雀命之所レ佩御刀一、歌曰、

品陀の　日の御子　大雀　大雀　波加勢流多知　本剣　末ふゆ　ふゆ木の　すからが下樹の　さやさや（47）（応神記）

⑤雄略天皇が一言主神と出会う場面

天皇、於レ是、惶畏而白、「恐、我大神。有二宇都志意美一者〈自レ宇下五字以レ音也〉。不レ覚」、白而、大御刀及弓矢始而、脱二百官人等所レ服之衣服一以、拝献。爾、其一言主大神、手打受二其奉物一　（雄略記）

②は、①と同じく、神の佩いている「十拳剣」の言い換えとして「御刀」と表わされている。「剣」を「所佩」とすることがそれと交感してあることの表現であるのなら、「御刀」は、持つ者と持たれる「もの」とのもっとも完成された関係、両者が充足した状態にあることを示す表現であると考えられる。

④は、「多知」を讃める歌であるが、讃美の対象は、大雀命が、まさに佩いている「多知」である。[7]「多知」の「聖なる力」[8]は、大雀命と一体になってあることで、讃美の対象となる。それは、大雀命の「多知」であると同時に、大雀命が「品陀の　日の御子」なることを表わす「もの」でもあると考えられ、そこには、大雀命と「多知」とが相互に交感する関係が窺われる。「所佩御刀」は、佩いてある姿そのものに、持つ者と持たれる「もの」との関係を把握する表現といえる。

⑤の雄略天皇の「大御刀」は、「おほみたち」と訓まれ、[9]「天皇ご自身の太刀。『大御』は最高級の敬語」[10]とされるが、これも、単に天皇が持つ故に敬語が付与された器仗であるという意味ではないであろう。弓矢や衣服と同じように、天皇が佩いている「もの」として、すなわち天皇が交感した「もの」として一言主神に奉るのである。

剣・刀が、独立を志向する「もの」として把握されるとき、霊力を有する剣・刀の所有は、その関係の在り難いことを考えさせる。持つ者は持たれる「もの」を御す能力を有している必要があろう。「所佩」と冠される剣・刀には自ずからその質の高さが把握され、それを持つ者も相応しくあることを理解させる。それ故にこそ、「御刀」は霊力を有する剣・刀の代表である「十拳剣」や「草那芸剣」の言い換えとしてあり、人の世の「御刀」もまた、すぐれた剣・刀を表わす表現としても有り得たと考えられる。

なお、倭建命の西征譚、出雲建との「多知」換えの場面で、「窃以二赤檮一作二詐刀一、為二御佩一、共沐二肥河一」とあり、これも「みはかし」と訓まれる。(11) ただし、ここで倭建命が佩くものは、「赤檮」で作った「詐刀」であり、出雲建を騙すために身に着けていたものである。この「御佩」は、皇子がお佩きになるものとする意をそのままに表わすと解される。倭建命が身につけることによって「詐刀」は倭建命の「もの」として表明され、出雲建がそれと気づかない根拠となる。しかし「御佩」は「御刀」ではない。それは、持つ者と持たれる「もの」との交感関係をあらわす「御刀」とは異なる表現であるといえる。

『古事記』は、持つ者と持たれる「もの」との関係に対して意識的であるといえるだろう。「御刀」は、それを持つのに相応しい者が佩びていることの表現でもあり、そこには、持つ者と持たれる「もの」とが一体であるという把握、またそうあることにおいて持つ者が充実した状態にあるという理解が含まれていると考えられる。

4　倭建命の「御刀」

倭建命と倭建命が持つ「草那芸剣」との関係を、述べてきたような「御刀」の理解の上に捉えるとき、野火の難の場面(2)は、『日本書紀』におけるそれとはこの「剣」に対する理解の異なることが見出される。『日本書紀』では、「剣」の活躍を「一云」として次のように伝える。

王所レ佩剣藂雲自抽之、薙二攘王之傍草一。因レ是得レ免。故号二其剣一曰二草薙一也。藂雲、此云二茂羅玖毛一。
(景行紀四十年是歳)

ここでも、「剣」はまず、日本武尊の「所佩」ものとしてある。しかし、「剣」は自ら抜けて、日本武尊を助けている。自ら霊力を発揮して草を薙ぎ払ったことにより、「剣」の名は「藂雲」から「草薙」へと改められる。これは、日本武尊と「剣」との話というよりも、「剣」の事蹟を伝えるものであり、後に、「剣」を攫おうとした道行を風雨で惑わしたり(天智紀七年是歳)、天武天皇を祟ったり(天武紀朱鳥六年六月十日)する話に繋がる譚である。「所佩」としてあることは、「剣」が独立して霊力を発揮することの対比として記されるに過ぎない。

一方、『古事記』ではここでの事態が「草那芸剣」の名の由来であるとはされていない。倭建命は、「御刀」をもって草を刈って払い除き、駿河国造らを「切り滅し」ている。「御刀」は倭建命が振るう「もの」としてあり、ここには持つ者と持たれる「もの」との関係が窺える。

東国を共に巡った「御刀」を倭建命は、美夜受比売の許に置いて出る(3)。が、後に「我が置きし　都流岐能多知　その多知はや」(5)と「多知」を哀惜する。「多知はや」の終助詞「はや」は「今ここにない——失われて居る者への哀惜[12]」を意味する。この哀惜の情感は、「多知」をただ置いたのではなく、置くことによって何らかの効果を期待したためであると考えられる。「多知」を置くことは、そこに置いた者の無事の帰還を願う行為であり、歌はその霊能のはたらかないことに対する慨嘆[13]とする理解がなされる。そうであるならば、倭建命が置いた「草那芸剣」を「御刀」と表わす理由が、ここに認められる。なぜなら、「草那芸剣」は、独立した霊力を有する「剣」であり、そうあることを志向する「剣」だからである。倭建命が「剣」を置いた場所に戻ることを願うためには、置かれる「剣」は、「御刀」としてあらねばならなかった。ただし、「御刀」を置く行為は、同時に、「御刀」としての持つ者との関係が断たれることに繋がっている。『尾張国風土記』逸文や『熱田神宮縁起』において、持つ者の手から離れて独立した、霊能のある「剣」は、再びもとの所有者の「もの」とはならなかった。「草那芸剣」に関して、置くことによる霊能ははたらかず、再びひとつの独立した「剣」になったと解される。

倭建命が「草那芸剣」を置いて尾張を出たのち、再会を果たしたのが尾張の一つ松の「御刀」であった。倭建命が尾津前をはじめて訪れたのは、伊勢で倭比売命から「草那芸剣」を賜った後、尾張に赴く途中でのことであったと理解される。「草那芸剣」を携え、東国の平定に向かう途中である。倭建命はそこで「御食」をし、持っていた「御刀」を一つ松の許に置き忘れたとされる。この「御刀」は、「草那芸剣」のような由来を持たず、ただ倭建命の所有物であることが認められるのである。剣・刀は、それ自体に霊力を潜在させる「もの」ではあるが、当然ながら、全ての剣・刀に対して一律に霊能が把握されるわけではない。神代の剣・刀と人代の剣・刀とは、同等にはなり得ない。

『古事記』の歴代巻に現われる剣・刀のうち、神代巻に由来の記される「布都御魂」と「草那芸剣」とは、人の世においては、それを最も必要とする時に限られた人物に持たれ、神代の力を顕現させる。ただし天皇であっても、その神代の剣・刀を永続的に持つことはない。王が常に身に佩き、権威を標榜するのは、神代の異常な霊力を持つ剣・刀ではなく、たとえば、仁徳天皇の「御刀」④のようなものであっただろう。それは、人の世におけるすぐれた武器であったに相違ない。「御刀」を佩いてある姿が讃美されるのは、そうした武器による武力を行使しうる能力が充実してある姿が顕現されている故であろう。その能力による徳は、仁徳天皇の御身だけでなく、天皇の徳を被る者全てに及ぶことが、その姿に顕現されていることに讃美が生じるのである。尾津前に置かれた「御刀」もまた、人の世における王の剣・刀なのではなかったか。本来倭建命と共にあるはずの「御刀」は、倭建命が「草那芸剣」を「御刀」としたためにその随行の役割を交替したと考えられる。王の「御刀」は、東国の平定を行うために得難い霊力をそなえた「剣」との共存を避けられ、一つ松の許に置き忘れられたのだという理解がそこには存するのではないか。倭建命は、その尾津前の一つ松の許で「御食」したとされる。

旅先で貴人が食事をとることは、次のような例に見られる。

所三以号二志深一者、伊射報和気命、御二食於此井一之時、信深貝、遊二上於御飯筥縁一。爾時、勅二云、「此貝者、於二阿波国和那散一、我所レ食之貝哉」。故号二志深里一。（『播磨国風土記』美嚢郡志深里）

伊射報和気命（履中天皇）が「信深貝」を食したことが「志深里」の地名起源となっている。これは、天皇によってその地の国占めが行われたことを示す起源譚であろう。倭建命もまた、東征の途次において、尾津前で「御食」をしたと記される。「御食」は、仲哀記に次のように見える。

亦、其神（伊奢沙和気大神之命）詔、「明日之旦、応レ幸二於浜一。献二易レ名之幣一」。故、其旦幸二行于浜一之時、毀レ鼻入鹿魚、既依二一浦一。於レ是、御子、令レ白二于神一云、「於レ我給二御食之魚一」。故、亦、称二御名一号二御食津大神一。故、於レ今謂二気比大神一也。（仲哀記）

角鹿の神伊奢沙和気大神之命が後の応神天皇と名替えを行ったことに対し、「幣」の「御食之魚」を献じたという。「御食」はこのように、奉仕される食べ物であった。「（死者に対して）翠鳥為二御食人一」（神代記）、「（出雲国造の祖岐佐都美が本牟知和気命に）将レ献二大御食一之時…」（垂仁記）、「（美夜受比売が倭建命に対し）献二大御食一之時…」（景行記）、「諸県君泉媛、依レ献二大御食一、而其族会之」（景行紀十八年三月）に関しても、奉仕される食と言え、献る相手が天皇の場合、服属の意味を伴うと考えられる。

景行天皇が、皇子の兄弟と共に朝夕「大御食」をするのも、諸国から奉仕されたものを食するという儀礼的な意味合いも持ったであろう。一つ松の許での食事もまた、土地において奉仕される「御食」としての意味を持っていたと推測される。

『日本書紀』では、一つ松での食事を「進食」と表わしている。漢籍において「進」は、

有方之士、羨門高谿。上成二鬱林一、公楽聚レ穀、進二純犠一、禱二琁室一。（周・宋玉「高唐賦」『文選』巻十九）

とある。李善注には「進、謂レ祭也。禱、祭也」とあり、「進」は神に食を進める行為の意と解される。

（〈景行天皇〉夏四月壬戌朔）壬申、自二海路一泊二於葦北小嶋一而進食。時召二山部阿弭古之祖小左一、令レ進二冷水一。適二是時一、嶋中無レ水。不レ知二所為一。則仰之祈二于天神地祇一。忽寒泉従二崖傍一涌出。乃酌以献焉。故号二其島一曰二水島一也。（景行紀十八年四月）

「進食」は、水を求めるきっかけとなっており、それが、結果として天神地祇に祈り、「寒泉」を得ることに繋がっている。このような構図は、「進食」が天神地祇を祀るための前提となっていることを考えさせる。先の「進」の意味からすると、天皇が食事を行う行為が、同時に天皇が土地の神々に食事を奉仕する意味を持つと考えられる。[14]「進食」による祭祀の成功は、水が「湧出」という瑞祥によって顕わされる。「水島」は、天皇がそのようにして島に水を在らしめたことを伝えている。

倭建命の一つ松の許での食事が、『古事記』では「御食」、『日本書紀』では「進食」とされることは、巡行する天皇による土地土地での食事が、土地の神に対する祭祀という意味を前提としつつ、土地の神から奉仕される行為であるという、双方向性を持つためであると考えられる。倭建命は、天皇に準じる資格を有して、一つ松の許で祭祀の意味を含む「御食」を行ったのであろう。

一つ松の許に忘れた「御刀」が、再び倭建命が戻るまで同じように残されてあるという状況は、その場所がかつて「御食」を行った場所であることによって、必然性を持つ。「御刀」を置き忘れた行為は、倭建命の無事の帰還を願う行為として把握し直され、松は、「御刀」を守ったものとして讃えられるのである。ただし「御刀」は、困憊する倭建命に「小休息をもたらすにすぎ」ない。[15]倭建命の病は恢復することも軽減されることもなく、そのまま能煩野に至り、亡くなっている。このことは、一つ松の許の「御刀」の霊力が、東征中の無事の祈りとしてはあっても、積極的には倭建命の身にはたらきかけていないことを意味する。一つ松の許の「御刀」には、「布都御魂」のような実質的な霊力は顕在化されていない。この「御刀」は、人の世のすぐれた剣・刀であっただろう。それは持つ者に安泰を約束するが、病を癒すような、霊能は有していなかった。かつて充足してあった時間を記憶として呼び起こさせるのみである。

神代のものである「草那芸剣」は、再び佩くことができれば、その霊力によって、蘇生の力が発揮されたに相違ない。しかし「草那芸剣」は、強い霊能によって独立を志向し、「御刀」としては残らない。置くことで帰還を願う呪術は、「草那芸剣」においては「置かれた」時点で逆に意味を失っている。都を目前にした心情を思国歌に託した後、「御病、甚急」の時に、美夜受比売の許に置いてきた「草那芸剣」を失われた「もの」として哀惜する。これは一つ松に守られて皇子の帰還を待ち、今も「御刀」としてあるものとの対比として捉えられる。『古事記』における「御刀」という表現は、そのことばの内に、持つ者と持たれる「もの」との交感関係がもっとも充足した状態にあることを含んでいる。倭建命の二つの「御刀」もまた、倭建命との関係において同様であった。『古事記』の東征譚において、尾津前に置かれた「御刀」は東征における無事の帰還を願う祭祀に関わる「もの」としてあり、神代からの霊力を持つ「草那芸剣」は尾張から再び美夜受比売の宮の許に戻るまでの実質的な東征事業において力を発揮する。共に「御刀」とされるものの、倭建命との関係性から、それぞれの霊能に差のあることを浮かび上がらせる。それは、『古事記』倭建命の東征譚が人の世の説話に神話の残滓を取り込んで成立していることを、構成的に把握させるものとも言えると考えられる。

注

（1）「東征」は、厳密には尾張国に戻った時点で果たされたと考えられるが、小稿では説明の煩雑になることを避け、「東征」の話を含む、伊勢国からの出立から能煩野で亡くなるまでを東征譚として扱う。
（2）井手至「ことばと名まえ」『遊文禄　説話民俗篇』第十章、和泉書院、平成一六年（初出は、『谷山茂教授退職記念国語国文学論集』、塙書房、昭和四七年）
（3）朝廷説、熱田社説がある。
（4）『尾張国熱田太神宮縁起』に「草薙剣」のこととして、同種の譚が見える。
（5）蛇と剣・刀とが同一視されることは、ほかに垂仁記沙本比売の「紐小刀」など。
（6）訓は、新編日本古典文学全集『古事記』による。なお、山口佳紀氏「敬語の表記と訓読」『古事記の表記と訓読』第六章—

第三節（有精堂出版、平成七年）を参照。

（7）日本古典文学大系『古代歌謡集』記歌謡47補注に「このサヤサヤは恐らく、冬木の下木が揺れ動く形容で、そのような用例は記七四にも見られる。従ってほめているのは、刀身ではなくて、大雀の命が太刀を腰に吊り佩いた姿である…（中略）…但しこの歌に歌われた大雀の命の姿は、しかつめらしい専制君主としての偉丈夫の姿ではなく、ユーモラスな親愛感に満ちたそれである」とされる。

（8）内田賢徳『萬葉の知　成立と以前』第二章―一、塙書房、平成四年

（9）「大御」については、森重敏氏が神々や大王への敬語である「御」に「『大』を冠するに至ったのは、天皇の世界の荘厳のためであった」とされる。（「古事記の私的性格」『文体の論理』第六章―第六節、風間書房）

（10）西宮一民　新潮日本古典集成『古事記』

（11）「ミハカシ」兼永筆本・延春本・祐範本・曼殊院本・猪熊本・寛永版本・校訂古事記、「ミハカセ」鼇頭古事記、「ミハカシテ」訂正古訓

（12）『萬葉の知　成立と以前』第一章―四

（13）『萬葉の知　成立と以前』第二章―三

（14）本書第二章第二節

（15）前掲注（12）

第三節　剣考(2)

一　『播磨国風土記』異剣伝説

1 「異剣伝説」の「剣」

古代、剣・刀は、威力ある武器としての機能を前提に、威勢を示すための装身具や祭祀具・副葬品などとして利用される「もの」であったと考えられるが、中には剣・刀自体に霊威を見出される場合があったようである。上代の神話や伝説には、そうした剣・刀に対する様々な理解と把握の種々の段階とを読み取ることが可能である。本項では『播磨国風土記』讃容郡仲川里条における「剣」の伝説（以下「異剣伝説」と称する）を扱い、その『剣』（「異剣伝説」における『剣』を他と区別して記す）に対する理解と把握のありようとを『播磨国風土記』がどのように記しているのか、その方法について検討する。

神威を見出され、祭祀の対象とされている「剣」の代表的な例に、タケミカヅチの「剣」がある（第一章第二節―二）。タケミカヅチの「剣」は、国土平定において神威を顕現させ（神代記、紀第九段正文）、神武東征の折には単身、地上に降され（神武記、神武即位前紀）、そのまま石上神宮に祀られたという（神武記）。この「剣」は、タケミカヅチの神威を背景に持ちつつ、それ自体として霊威を顕現させており、上代における「霊剣」のあり方を考えさせる。一般に霊剣は、漠然と霊威や霊徳のある剣[1]のことがそのように呼ばれているが、タケミカヅチの「剣」には、武器が神格化する展開を見ることが可能であり、剣・刀自体に実質的な霊威が認められる「霊剣」と言える。本項において「霊剣」と言うときはタケミカヅチの「剣」のように神威を顕現させうるそれをさし、霊剣の一般的な語義とは区別して扱いたい。

「剣」の神格化においてそれが神話化、伝説化される場合には、仮にそれが神格化の背景が語られる以前の段階において祀られている「もの」であっても、ある来歴を本来的に必要としたことを考えさせる。もちろん、こうした来歴の必要性は「霊剣」に限定されるわけではない。現実には、祭祀の対象ではない剣・刀のなかにも、特別視されるものが存していたはずだからである。

大切に保管される剣・刀には、例えば実戦において名器と証明されている「もの」、造りや拵えがすぐれて美しく珍しい「もの」、刻まれた銘によって讃えられている「もの」などがあり、それを保管するための様々な理由が想定される。こうした剣・刀は、祭祀の対象となる「もの」とは異なり、神格化はされないが、伝来されたことについては、それなりの由来や経緯が求められたと考えられる。いずれにおいても、特別な剣・刀の由来が、ひとつの伝説として成立し、さらに記されようとするときには、どのように説明し表現するかということが思考されたに相違ない。

『播磨国風土記』讃容郡仲川里条では、里の御宅に安置されてあるという『剣』の伝説（「異剣伝説」）について次のように記している。本文をあげる。

①昔、近江天皇之世、有二丸部具一也。是仲川里人也。此人、買二取河内国兎寸村人之賷剣一也。得レ剣以後、挙レ家滅亡。②然後、苫編部犬猪、圃二彼地之墟一、土中得二此剣一。土与相去、廻一尺許。其柄朽失而、其刃不レ渋、光如二明鏡一。③於レ是、犬猪、即懐レ怪レ心、取レ剣帰レ家。仍招二鍛人一、令レ焼二其刃一。爾時、此剣、屈申如レ蛇。鍛人、大驚不レ営而止。於レ是、犬猪、以二為異剣一、献二之朝庭一。④後、浄御原朝庭甲申年七月、遣二曾禰連麿一、返二送本処一。于レ今、安二置此里御宅一。（讃容郡仲川里）

伝説の内容は、その展開に沿って四つに分けられる。

① 天智朝の頃、丸部具が河内国兎寸村の人から『剣』を買い取り、その後に滅亡した。

② 苫編部犬猪が具の家の墟地から『剣』を発見し、『剣』の刃が錆びていないことを怪しく思い家に持ち帰る。

③ 犬猪が鍛人を呼んで『剣』の刃を焼かせたところ、蛇のように屈伸した。犬猪はこれを「異剣」と判断して朝廷に献上した。

④ 天武十二年七月に、朝廷は曾禰連麿を派遣して『剣』を里に返還させ、今、御宅に安置してある。

右に明らかなように、異剣伝説は『剣』が里の御宅に安置されるまでの経緯を伝えるものである。この異剣伝説に関連する記事として、次の『日本書紀』の記述が注目される。

是歳、播磨国司岸田臣麻呂等献二宝剣一言、於二狭夜郡人禾田穴内一獲焉。（天智即位前紀是歳）

讃容郡で「剣」が発見され、朝廷に献上されたという。仲川里の地名はあらわれないが、状況に照らして異剣伝説と合致することから、『剣』の献上は、歴史的な事実として認識されていたといえる。右の記述に拠れば、

『剣』は苫編部犬猪の手を離れた後、国司から正規の手段で献上されたと考えられる。

このように、『剣』の話は『播磨国風土記』以外にも認められるのであるが、では『剣』は、異剣伝説においてどのような「もの」として理解されているのか、考察したい。

「異剣伝説」の『剣』に対する解釈は、先行研究において主に二つの立場が見られる。ひとつは『剣』に霊威を認める立場で、もうひとつはそれとは逆の立場である。前者は敷田年治氏によって提示されている。敷田氏は『標注播磨風土記』[2]で、

按に剣の有ばかりを云へるにハ、在と社《コソ》あるべきに、安置とも記せるハ、神體として祭れるなるべし。式に天一神玉《タマノ》神とあるハ、天目一神にして、此剣を祭れるにはあらじか。猶多可郡にも同神坐《マセ》れバ、何れも剣に由ある神なり

とし、「安置」の表現から『剣』が祭られる対象であるとする。氏の論における、当該伝説の『剣』が天目一神の神体として祭られているものであるという推測は、根拠に乏しく、従うことはできないとする井上通泰氏の説[3]も出たが、「異剣伝説」における『剣』をめぐる諸現象から、これが単独で機能する「霊剣」であるとする立場は、その後も踏襲される。日本古典文学大系『風土記』[4]は頭注で「異剣」を「神性のある剣」とし、『剣』の諸現象を「神剣」であるためと解している。また、植垣節也氏は「播磨国風土記注釈稿」[5]で敷田説を引用して「霊妙な剣」とし、新編日本古典文学全集『風土記』[6]でも同様に解釈している。近年では、飯泉健司氏が「霊剣の主張―播磨国風土記・旧聞異事の生成―」[7]において、『剣』の諸現象からやはりこれを「霊剣」と位置づけ、「『安置』で表現されるモノは、通常とは異なる特別な物が多い」としている。以上は、御宅に「安置」されている

『剣』は「霊剣」である、と解釈する立場である。

後者は、敷田氏の解釈に反対をとなえた井上通泰氏の立場である。井上氏は『播磨国風土記新考』[8]において、敷田氏が「安置」の意味を『剣』を神体として祀ったと解したことに対して、「安置はただオケリといふ意なれば社を建ててその神體とせずとも安置とはいふべし」と批判した。

両説において問題となるのは、「異剣」が「霊剣」であり、即ち『剣』自体が霊威を有していて、その発現があったために、里に「安置」されているといえるのかどうか、であろう。

本文②③において記される、『剣』に見られた諸現象は、犬猪が『剣』のことを「異剣」と判断する根拠とされている。「異剣」の漢籍における例は、『拾遺記』（巻八、呉）に「昔呉王闔閭葬二其妹一、殉以二美女・珍宝・異剣一、窮二江南之富一」と見え、また時代は降るが『酉陽雑俎』（巻六）には鄭雲達という人物が所有する、咆哮する剣を上界人が覓《もと》めて「知三公有二異剣一願借観」とあり、これは黒気を散らす剣とされている。『拾遺記』は「珍宝」と並べられていることがわかる以外は未詳であり、『酉陽雑俎』は霊威ある剣を指すが、「異」という語についていえば、「異者、異二於常一也」（釈名、釈天）とあるように、常とはことなる、珍奇な、といった意味であって、必ずしも霊的な現象に対してのみ用いられる語ではない。

また、天智即位前紀は『剣』献上の記事で、「宝剣」と記しているが、これは、『剣』を狭夜（讃容）郡の宝物として理解していることを意味しよう。「宝」は、必ずしも霊威を有するものである必要は無い。それは、讃容郡における「異剣」という理解をも包括しつつ、より客観的な立場からによる捉え方であろう。

さらに、『播磨国風土記』における「異剣」のあり方を「安置」の意味から考えたい。漢語としての「安置」

は、場所を定めて人や物を安らかに据えることである。[9]語の性質上、大切なものを据え置く場面に用いられる例も多く見られるが、語自体には祭祀を行う意味は含まれない。そのことは、たとえば、景行紀五十一年八月条で「安置」の対象は蝦夷にまで及んでいることからもいえる。日本武尊は、能褒野で病篤くなったため陸奥国平定で捕虜にした蝦夷を伊勢神宮に奉るが（景行紀四十年是歳）、この蝦夷等が野蛮な振る舞いをするため、倭姫命の要請に応じて朝廷は御諸山の傍に場所を与え安置した。これは蝦夷等の配置替えを意味し、祭祀とは無関係と考えられる。対象が何れであっても、その「もの」のために場所を提供する状況が生じていることからすれば、「安置」される対象物は場所の提供者の管理下にあるという関係が把握できる。異剣伝説において『剣』が「安置」された場所は里の「御宅《ミヤケ》」である。「ミヤケ」は、彌永貞三氏によれば、大化改新とその前後では、その役割が、天皇が支配する直轄地から朝廷が管轄する公的な施設へと変わったとされる。この場合は、「官倉ないし郡家」[10]に当たると考えられる。「御宅」に「安置」されてある『剣』は、朝廷の管理下にあることを示しており、これは、「社」を設けて祭ることとは明らかに異なると言える。

敷田氏の「安置」の解釈に対して疑問を投げかけた井上氏の反論は、その後殆ど省みられることなく、現在まで至っている。しかし、「安置」は風土記が記された「現在」における『剣』の状態を説明する表現であり、由来における『剣』のあり方と矛盾するものであってはならない。異剣伝説における『剣』は、祀られない「剣」である。ただし一方で「御宅」で管理されていることは、それが里において特別な「もの」である可能性を示唆している。では、祀られない「もの」であるところの「異剣」は、どういったものと理解されるのか、次に「霊剣」との比較において考えて見たい。

2　移動する「剣（刀）」

「異剣伝説」の『剣』は、里の御宅に「安置」されるまで、河内国兎寸村の人↓仲川里丸部具↓（土中）↓苫編部犬猪↓朝廷↓仲川里御宅と、所有者の変更と移動を繰り返している。伝説の内容がその過程を細かくたどっていることは、移動の過程を記すことが、『剣』について語る上で欠かせない要素であったことを考えさせる。移動する剣・刀の話には、たとえば、垂仁紀八十八年秋七月条の出石小刀の伝説がある。(11)

出石小刀は、「新羅王子天日槍、初来之時、将来宝物今有㆓但馬㆒。元為㆓国人㆒見㆑貴、則為㆓神宝㆒也」とある、新羅皇子天日槍が将来し、但馬で神宝とされた宝物のひとつであった。天日槍の曾孫清彦は垂仁天皇の求めに応じて、神宝を献上する。その時、この小刀のみ袍の中に隠し持っていたが、小刀は袍の中から出て顕れてしまい、他の献上品と共に神府へ収められる。その後、小刀は自然と神府から失せ、その夕に清彦の家に現われたのち、淡路島へ至り、神として祠に祀られたという。

遠方より将来された小刀が朝廷に移され、のちに朝廷からも出て居処を定めるという展開は、「異剣伝説」の『剣』が移動を繰り返す展開と類似する。ただし、出石小刀において、その移動が小刀の意思であることは神府からの移動の場面で明らかにされている。このことは、遡って、清彦の袍の中から顕れ出たことも、小刀の意思であったことを考えさせる。神宝として献上され、最終的には祀られる、即ち、神性を有した「霊剣」であることが文章中に明確に示されているのである。

移動する剣・刀の例として、さらに『日本書紀』に見える草薙剣について考えてみたい。『日本書紀』では、剣の出現する場面（神代紀第八段正文）で、草薙剣の本の名を天叢雲剣とし、日本武尊が駿河で火を退けた話（景行紀四十年是歳）において再度、本の名が確認されている。草薙剣には、熱田神宮に送られるまでに、以下のような出来事があったという。

是歳、沙門道行盗二草薙剣一、逃二向新羅一。而中路風雨、芒迷而帰。（天智紀七年）

僧道行が草薙剣を盗み、逃亡中に風雨に見舞われた、とあり、さらに草薙剣が熱田神宮に祀られた経緯を、次のように伝える。

戊寅、卜二天皇病一、祟二草薙剣一。即日、送二置于尾張国熱田社一。（天武紀朱鳥六年六月十日）

後者では、天武天皇の病が草薙剣の祟りであったことから置き場所を変えたとあり、そこには草薙剣が自らの意に沿わない状況に遭遇しているために祟りをおこしたという判断を読み取ることができる。前者の盗難の話では、天候の変化と逃走の失敗の因果関係は明示されていない。しかし、本の名が天叢雲剣とされること、また草薙剣が祟りをおこす「剣」であることからは、天候の変化にも「剣」の意思が介在したという解釈を容認しよう。草薙剣は、言うまでもなく「霊剣」であり、天智・天武朝に発生した霊威を示す事件を伝える場面においても前後の在り方と矛盾することなく、その「霊剣」としての存在感をあらわしている。

「異剣伝説」の『剣』もまた、移動を繰り返し、苫編部犬猪によって怪しい要素を見出され、朝廷へ献上されている。しかし、「異剣伝説」の『剣』は、出石小刀や草薙剣のように祀られることも、また、名を持つことによって他の剣・刀と区別されることもない。即ち、「異剣伝説」は、「剣」の移動やその要因となった現象が、霊威によるのかどうかを明確に示していないのである。

出石小刀と草薙剣は、所有者に対して自らの意志で移動を促すが、「異剣伝説」では、『剣』が主体となって移動を促したり、勝手に移動することはない。そして、現象に対する理由が具体的に説明されることもないのである。むしろ説明のないことが、「異剣伝説」の一貫した態度であるといえる。「異剣伝説」本文①では、河内国兎寸村の人が『剣』を仲川里に齎した理由や、丸部具一家が滅亡した理由が明らかではない。

また、②~③では、『剣』が異常性を見せたことに関して、どうしてそのような異常性を見せたのか、説明されることなく、朝廷に献上されている。さらに、④において『剣』が仲川里に返還されているが、そこでも返還の理由には触れられていない。このような叙述の態度は、何に由来するのだろうか。

出石小刀や草薙剣との比較によって浮かび上がるのは、「霊剣」ではない『剣』の質であろう。しかし、一方で霊剣の伝説に類似する展開を有していることは、注意すべきである。それは、「異剣伝説」の叙述の方法上の問題としてあるのではないか。次に、「異剣伝説」の方法について、その内容の展開に即して具体的に見て行きたい。

3　「異剣伝説」の叙述の方法

「異剣伝説」の話の導入部である本文①は、丸部具が『剣』を手に入れてから滅亡するまでが記される。『剣』は「兎寸村」の人が「齎した」とされる。「齎」は、「田道間守至レ自二常世国一。則齎物也、非時香菓八竿八縵焉」（垂仁紀九十九年明年三月十日）と見えるように、物を他の地から現在地へ持参することを意味する。『剣』の場合も、兎寸村の人が仲川里に『剣』をもたらし、里で売買が行われたのである。

『剣』をもたらした人の出身地「兎寸村」は、仁徳記（枯野という船の伝説）にも「兎岐河」と見え、従来の説では『延喜式』神名帳和泉国大島郡に「等乃伎神社」(現大阪府高石市富木)とあることから、のちに分割され和泉国となった、河内国トノキの地であろうとされていた。しかし、近年、沖森卓也氏は、上代の用字法から音訓交用となる「ト(音)・ノ・キ(訓)」は異例であり、「ウキとなるのが通例である」[12]とされ、『播磨国風土記』(山川出版社刊)[13]においてもウキの訓がとられている。もしウキ村とすると、比定地を特定することが困難である。本文④で「剣」の返還を任された曾禰連麿の本拠地は、確定はしがたいが、『延喜式』神名帳、和泉国和泉郡の曾禰神社の鎮座地(大阪府泉大津市北曾禰)と考えられる。[14]「異剣伝説」にこの曾禰連氏が登場することは、『剣』をめぐる展開において、まったく無関係であるとは考え難いように思われる。のちの和泉国内に本拠地を構える曾禰連氏の存在は、「兎寸村」の場所も近辺に位置することを示唆していよう。

さて、丸部具の滅亡は、「剣を得てのち、家を挙げて滅亡した」とだけ書かれ、ここにはその原因について触れられていない。しかしこの簡潔な記述は、滅亡に『剣』が関係していることを想像させる余地を残す結果となっている。[15]

先にあげた二つの「霊剣」譚では、間違った方法で「剣」を所有することが祟りの要因となっていた。仮に、丸部具の滅亡も祟りによるものと考えるのであれば、その場合、想定される要因は、『剣』の移動の方法や所持者が、『剣』の霊威にふさわしくないことに求められよう。例えば、『剣』が兎寸村から盗まれて、仲川里にもたらされ、具はそれを知りつつ購入した、そのために『剣』に祟られた、といったことである。

しかし、「異剣伝説」には、そうしたことは書かれていない。『剣』は単に売買の対象とされているので河内国から運ばれて、播磨国で商取引されたという記述からは、『剣』の取引がすぐれた剣・刀に見出される実用的価値か、或は宝物や骨董としての価値か、いずれにせよ品物としての価値に基づいていたと推測される。

さらに、祟りがあったとすれば、御宅に安置されるまでにそれを鎮める過程があって然るべきだが、「異剣伝説」にそうした記述は見られず、先に見たように、天智即位前紀の『剣』献上の記事（前掲）で『剣』を「宝剣」としていることも、『剣』に霊威が見られたとはいえないことの証左となる。「異剣伝説」が『剣』の祟りを伝えるものであるという解釈は、朝廷側の史実にも合致しないといえる。

いずれにしろ、「呪いの剣」という扱いではない。つまり、里で手に負えない「霊剣」を朝廷が鎮めた、といった類の話ではないのである。とすれば「異剣伝説」は、実際には『剣』を得たことと丸部の滅亡に因果関係を認めていないにも関わらず、この簡潔な記述に、「霊剣」を想起させる余地を残していると考えられる。それは、里に安置されている『剣』が、「霊剣」になり得ても不思議ではない、特別な「もの」であることを印象付けるための方法ではなかったか。

つづく、本文②〜③は、苫編部犬猪によって『剣』が発見されてから献上されるまでの話である。丸部一家滅亡後、『剣』は苫編部犬猪によって丸部宅墟地から発見される。その時、『剣』の刃は「不渋」であったという。「渋」は、錆びた状態をさす(16)。掘り出された『剣』の刃が錆びていなかったということは、『剣』は数年間土中にあったにも関わらず、埋められた当初から殆ど変質しなかったことを意味していよう。つまり、刃の部分は、丸部具が手にしたものと同じ状態であったと考えられる。具による購入は、具が一見して『剣』に価値を見出したことを推測させる。一方、犬猪は、鍛人という金属加工の専門家を呼んでいることから、『剣』に対して何らかの不審を抱いたと考えられる。その不審は、犬猪が『剣』を見出したことで示される、その具体的な様子に起因する。次の（A）〜（C）は、「剣」に見られた現象を伝えている。

（A）　土与相去、廻一尺許（本文②）

（B）　其柄朽失而、其刃不レ渋、光如二明鏡一（同）

（C）　招二鍛人一、令レ焼二其刃一。爾時、此剣、屈申如レ蛇（本文③）

（A）は「土と相去ること、廻り一尺許」と訓読される。[17] この箇所は、掘り出した時に『剣』の廻りに一尺ほどの空間があったとも[18]、深さも周りも一尺ずつ土を取り去ったとも[19]解されるが、「相去る」動作主体が『剣』であることから、前者の解釈が妥当であると考えられる。天智即位前紀の記事で、「禾田穴内」とされていることからも、土中に穴があったと解すべきである。掘り出した時、『剣』が土から一尺ほど距離をおいて在ったというのである。また（B）は土中から現れた『剣』が、柄は朽ちていたが、刃は滑らかで、「明鏡」に譬えられるほどに光っていたとする。（C）は、鍛人が『剣』の刃を焼くと、それが屈伸した、といい、その様子は蛇を想起させている。

「異剣伝説」には（A）〜（C）の現象に対して、なぜそのようなことが起こったのか、という説明は見られず、その叙述の態度は、先の丸部具の滅亡を記す態度と同じであるといえる。本文②〜③の場面のみを見れば、『剣』に見られた現象は、すべてその霊威によるものであると解される余地のあることは、否定できない。問題となるのは、本文①の場合と同様、なぜそのように書かれたのか、ということである。

「剣」の伝説は、漢籍においても例が多く、なかには土中から出土した「剣」、焼かれて異常な動きを見せる「剣」の話がある。

a、初、呉之未滅也、斗牛之間（呉越の方向のこと）常有二紫気一…（雷）煥到レ県、掘二獄屋基一、入地四丈余、得二一石函一、光気非レ常、中有二雙剣一、並刻題、一曰龍泉、一曰太阿　（『晋書』張華伝）[20]

豫章の豊城で発見された二枚の剣は、土の中にあった。発見された剣は、のちに延平津（福建省）で水に落ち、龍と化したという。aに引いた張華伝にはもうひとつ、火災に遭った「剣」の話が見える。

b、（恵帝のころ）武庫火、華懼二因レ此変作一、列レ兵固守、然後救レ之、故累代之宝及漢高斬蛇剣・王莽頭・孔子履等尽焚焉。時華見二剣穿レ屋而飛一、莫レ知レ所レ向[21]

「斬蛇剣」とは、漢の高祖が大蛇（じつは白帝の子）を斬ったという伝説の「剣」である。[22]「剣」のすばらしさをいうために、その刃の輝きを別のものに譬えて讃める手法はめずらしくない。例えば、晉・張協〈景陽〉の「七命八首」の四首目には、次のような表現の類似が指摘できる。

c、大夫曰、楚之陽剣、歐冶所レ営。…（「陽剣」の）光如二散電一、質如二耀雪一　（『文選』巻三五）

李善注に魏・文帝「大墻上蒿行」をひいて「我帯二長宝剣一。光白如二積雪一」とあって剣の耀きであることを説く。

これら漢籍の例は、上代において、「異剣伝説」の『剣』に見られた三つの現象を説明する場合、その発想が固有のものとしてあるのではないことを考えさせる。何を異常なこととして取り上げ、どのように説明をするのか。『剣』が、伝説において現象を霊威と明示することがないのは、「霊剣」では無いことを前提とするからである。しかし、「異剣伝説」における説明は、「霊剣」を説明する方法ときわめて類似している。このことは「異剣伝説」が、「霊剣」の伝説の表現方法を取り込みつつ、しかし「霊剣」としては語らないという独自の叙述方法を展開させていることを示している。その方法について、（A）～（C）の現象の表現から検討したい。

（A）では『剣』の廻りが空洞になっていたことを、『剣』を動作主体に据えて表現している。土中の『剣』は霊威を予感させるが、『剣』の霊威を示す展開は前後の文章を含めていずれにも見られない。この表現は『剣』が霊威を持たないものの、特別な「もの」であることを示唆する。

（B）では、刃のすばらしさを讃える「光如二〔物〕一」という表現において、錆びない『剣』が「霊剣」のごとく光を含むことを印象付ける。しかし、譬えられるのは「明鏡」である。光り、耀きを発する「もの」の譬喩として常套的に用いられる雷や雪とは、あらわす意味が異なるだろう。「鏡」は物をうつしだすことから、古来、逆に物をうつしとるという神秘的な質が見られたと考えられるが、(23) ここでは「明鏡」がそのような「もの」であるという理解が表現されているとは把握できない。「明鏡」に譬えられているのは「剣」の物としての質であろう。

つまり、錆びていない刃は、物を映し出すほどに滑らかで、光を反射している状態であったというのである。にもかかわらず、鍛人が呼ばれているのである。錆びていない刃に対して、鍛人が必要とされたことについて、その職掌から推測されるのは、『剣』の形状が補正を必要としていた、つまり曲がっていたということではなかったか。後述するように、犬猪は農業などに従事する者であり、刀剣への知識は薄かったであろう。『剣』が蛇行剣のように、通常と異なる形状を有していれば、補正を試みようとするのは当然といえる。

そして（C）では、焼かれた『剣』の動きが「屈申」したと表現され、そこに「蛇」の姿を想起している点が注意される。古代において「剣（刀）」と「蛇」との関係は密接であったと考えられる。草薙剣がヤマタノヲロチの尾から顕れたとされることは、関係を示すひとつの例であろう。また、譬喩的な例としては、サホビメの「刀」が想起される。垂仁朝、謀叛に加担させられたサホビメが、寝ている天皇の頸に「紐小刀」（記。紀では「ヒ首」）をあてたとき、天皇の夢には、頸に纏わる小蛇があらわれたとされる。現実における「刀」が夢では「蛇」となって顕現したのである。「蛇」は「刀」を暗示するものとして理解される。両者はその形状からも、互いを想起させる関係にあった。

『剣』に不可解な動きを見て、それを説明する場合に、「蛇」を想起することは、当時としてはごく受け入れやすいことであったと考えられる。しかし、「異剣伝説」において『剣』と「蛇」の関係が譬喩にとどまり、『剣』に動きを認めても、それがあくまでも外部からの物理的な刺激による反応であると理解されていることは、『剣』と「蛇」との関係が外形上の類似による聯想であって、それ以上の意味を持たないことを示している。

犬猪は、はじめに掘り出した『剣』を見て「怪」と思い、家に持ち帰ったあと火の中で動く『剣』を見ていよいよ「異」であると判断している。①の現象を「怪」と思い、②③において確かめ、「異剣」と判断するという展開は、『剣』の特殊性を強調する念押しの方法と考えられるが、「怪」という不審から「異」という判断へ、という展開は、次の例に見られる。

故、切二其中尾一時、御刀之刃、毀。爾、思レ怪、以二御刀之前一刺割而見者、在二都牟羽之大刀一。故、取二此大刀一、思二異物一而、白三上於二天照大御神一也。是者、草那芸之大刀也〈那芸二字以レ音〉（神代記）

須佐之男は、草那芸之大刀を「異物」と判断して天照大神に進上する。朝廷に献上された「異剣」の話は、これと類似した構成を有しているといえる。草那芸之大刀は後に「霊剣」としての質があきらかにされるが、右では「霊剣」としての質を未だあきらかにはしていない。「異」なる「もの」を朝廷に献上することは「霊剣」に限られた発想では無いことを考えさせる。

「異剣伝説」の状況は「霊剣」を髣髴とさせる要素を持ちつつも、しかし「霊剣」とは記さず、「霊剣」の伝説の構成や表現を意図的に利用することで『剣』が特別な「もの」であることを印象づけている。同時に霊威として「記さない」ことによって、『剣』が「霊剣」ではないことを前提としていることが理解され、その叙述方針は一貫しているといえる。

4　安置された『剣』

仲川里の『剣』がなぜ特別視されたのか、伝説を生じさせた要因を考えてみたい。

繰り返しになるが、『剣』の価値は、実用ないし骨董的見地にあったと考えられる。丸部具がそれを大切にしていたとすれば、のちに掘り出されたときの空間は、具が自ら大切な『剣』を隠し収めるために掘った穴であったとも、『剣』を函に入れて保管しており、その函が朽ちたためとも、推測される。

錆びない刃は、『剣』の素材や製法の物理的な特殊性を伺わせる。ただし、刃を焼いたときの様子が「如レ蛇」と表現されるのは、実際に刃が収縮・膨張したということではなく、そもそも『剣』の形状が特殊であったために補正されることとなり、火に入れたところ、火焔の揺らぎが『剣』を蛇と錯覚させた、『剣』がほかでもない蛇の動きに見えたのだ、といったことをも考えさせる。

鍛人は、屈伸した『剣』の刃に驚き、それ以上「営《つく》ることができずに止めてしまった」という。伝説は、そのことを、あたかも『剣』が火に入れてはじめて特異な形状を見せたかに伝えるが、その伝説を生じさせた『剣』は、そもそも伝説を裏付けるような、屈伸をうかがわせる形状であったのではないか。

火に入れると「屈申する様子が蛇のようであった」とされる『剣』の形状として想起されるのは、考古学上、蛇行剣と呼ばれる「剣」である。蛇行剣は、剣身がくねくねと曲げられた特異な形状を持つ「剣」である（資料

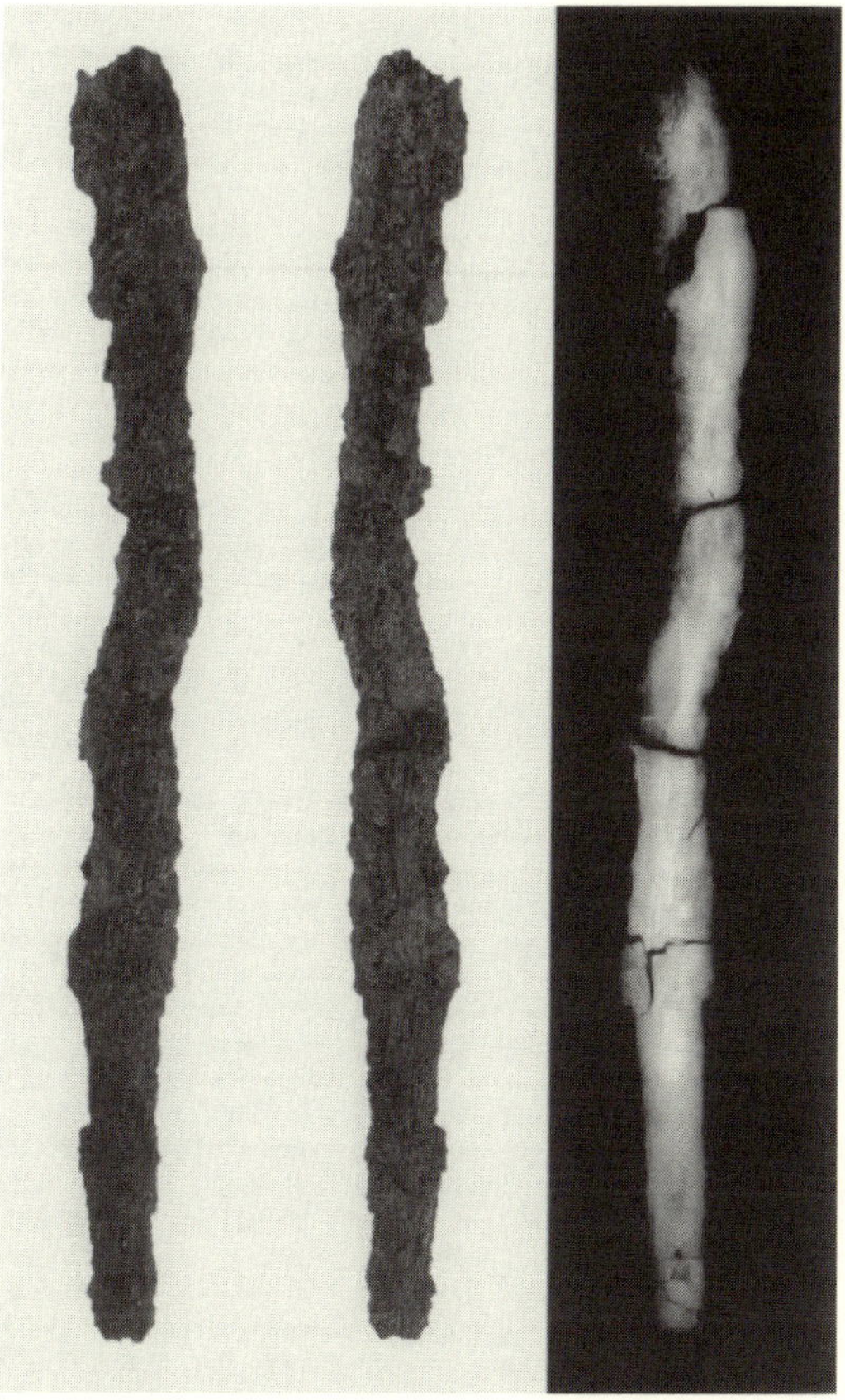

【資料】茶すり山古墳（五世紀前半）中央区画出土 蛇行剣（『史跡 茶すり山古墳 一般国道483号北近畿豊岡自動車道春日和田山道路Ⅱ建設に伴う埋蔵文化財発掘調査報告書－Ⅶ　写真図版編』兵庫県教育委員会、平成22年3月より）

参照）。主に古墳時代中期から後期の副葬品として発見され[24]、出土数の多い地域は九州南部、近畿、九州北部などであり、出土範囲は栃木南部を北限とする[25]。

蛇行剣の意味や用途については、諸説あるが、伊藤雅文氏の、埋納された状態から、蛇行剣には通常の「剣」と並べて武器として納められているものと、鉾に改装され儀仗用とされたと見られる場合とがある、とする説が注目される[26]。蛇行剣が形状によって特別視されたことは明らかであろう。

「異剣伝説」においてその『剣』を火に入れた時に「屈申如㆑蛇」とあるのは、くねくねとした形状が炎のゆらぎの中で屈伸して見え、あたかも蛇の如くであったということではないだろうか。もちろん『剣』が蛇行剣であったと断定するには根拠に乏しく、あくまでも推測の域を出るものではない。しかし『剣』が蛇行剣のような「剣」、形状などにおいて一般的な「剣」とは異なる「もの」であれば、霊威があらわされなくても儀礼用の宝物としての意味を負う「剣」であった可能性は高い。

神威や霊威を備えて、実質的な威力を発揮する「霊剣」の対極にあるのが実用的な武器としての「剣」であるが、「異剣伝説」の『剣』はいわばその中間に位置づけられる宝物としての「もの」であったのではないか。そして、『剣』が特異な形状を有していたのであれば、それは里の人々が『剣』を宝物として扱う重要な要因となり得たであろう。

時代は下るが、埋蔵物の扱いに関する規定が、雑令に見られる。

凡於㆓官地㆒得㆓宿蔵物㆒〈昔人以㆓鏡剣金銀等器㆒、於㆑地蔵埋、及喪乱遺落、為㆑遜埋没、時代久遠、不㆑知㆓財主㆒〉者、皆入㆓得人㆒。於㆓他人私地㆒得、与㆓地主㆒中分。得㆓古器形製異㆒者〈古時鐘鼎之類、形製異㆓於常㆒者

也〉、悉送レ官酬レ値。（令義解、雑、宿蔵物）[27]

天智朝に宿蔵物（埋蔵物）に関する規定が整備されていたかは未詳だが、土中に埋まった人工物が発見される話は、同じ『播磨国風土記』に次のような例がある。

鈴堀山者、品太天皇、巡行之時、鈴落ニ於此山一。雖レ求不レ得。乃、堀レ土而求之。故曰ニ鈴堀山一。（託賀郡都麻里）

応神天皇は落した「鈴」を探すために山を掘ったとされる。ここには、掘ることによって出現する「もの」に対する価値づけがうかがえる。埋蔵物は、ときに珍重され、特に価値の高いものは、統治の目的で朝廷に収容されることがあったとも考えられる[28]。

仲川里の『剣』は、雑令でいうところの、「形製異」なる古器に当てはまるのではなかったか。つまり、その異質な形状故に、丸部具は一見して価値を見出し、一方、そうした「剣」に対する知識を持たない苫編部犬猪は補正を必要として鍛人に託したということだったのではないだろうか。蛇行した「剣」は天智朝の仲川里においては稀少で用途不明なものであったのだ。このことは、『剣』の扱い方に、所有者によるゆれが見られることからも推測できる。

『剣』がもし天武朝より以前に制作された古器であったとしたら、河内国兎寸村で発見され、そこで商品としての価値が見出されて丸部具に売られた、といった経緯が想定できる。丸部氏に関して『播磨国風土記』は、成務朝に丸部臣等の始祖である比古汝茅が国の堺を定めるために派遣された（賀古郡）と伝えており、武を擁して勢力を伸ばした氏族と推測される。丸部具もまた、それに連なる人物であっただろう。売買に応じた具は、兎寸村の人と『剣』の価値を共有していたことになる。

ところが、具一家滅亡後に『剣』を掘り出した苫編部犬猪は、それを売買の対象とは見ていない。犬猪は『剣』に対して不審を抱き、補正しようと鍛人を招いた。『剣』に驚く鍛人と犬猪の姿は、特殊な『剣』の扱いを知らない仲川里の人の実態を推測させるものである。犬猪は、畑仕事をしている時に[29]『剣』を掘り出しており、その状況からすれば、農業に従事した一族であったと解される。苫編氏は、仲川里の地名起源譚に見える苫編首の部民であると考えられる。

中川里〈土上中〉所三以名二仲川里一者、苫編首等遠祖大仲子。息長帯日売命、度三行於韓国之時一、船宿二淡路石屋一之。爾時、風雨大起、百姓悉濡。于レ時大中子、以レ苫作レ屋。天皇勅云、「此為二国富一」。即、賜レ姓為二苫編首一。仍居二此処一。故、川号二仲川里一。（『播磨国風土記』讃容郡）

息長帯日売命の朝鮮半島への遠征の途次、淡路に停泊した時に天候が悪くなり百姓がことごとく濡れてしまった。大仲子が苫で屋を作ったところ、天皇（息長帯日売命）はその功績を讃め、苫編首の姓を賜ったという。苫は「苫〈土廉反、止万〉編二菅茅一以覆レ屋也」（『倭名類聚抄』、舟車部）とあり、小屋の屋根を葺いたり舟の覆いとしたりするのに用いた。苫を編むことは、庶民の生活においては日常の作業であったと推測される。そして、「始作二法興寺一此地名二飛鳥真神原一亦名飛鳥苫田一」（崇峻紀元年是歳）といった地名や「秋田苅る苫手揺くなり白露し置く穂田無しと告げに来ぬらし〈一に云ふ、告に来らしも〉」（『萬葉集』巻十・二一七六、詠露）という歌からも一般に農地でより多用されたことが推測される。

苫を編む作業は特殊技能を必要とするものではないが、大仲子はいわばその名手であったのであろう。しかし、官人達が巧みであったとは考えがたい。韓国へ渡る旅の途中の雨に濡れた困惑の中で、苫編みという庶民にとっての日常的な作業が非常に貴重であったからこそ、「国富」とされたのであろう。犬猪はその一族であり、名から髣髴とするのは、地面を掘る動物の行動であり、また猪が出没するような山に近い場所で農業に従事する者である。農業を営む者にとって、金属製品の利用は通常は生活用具に限られ、剣・刀のような武具に対する知識は豊富ではなかったであろう。

犬猪は『剣』を「異剣」と判断して朝廷に奉った。天智即位前紀には国司から献上されたと見える。犬猪と国司のあいだには、当然、里から郡司へ、郡司から国司へという段階があったはずであり、[30]そうであるとすれば、犬猪の判断は仲川里において共有されていたといえる。このことは、兎寸村の人・丸部具と苫編部犬猪・仲川里とでは、「剣」の扱いに相違があり、それは両者における『剣』に対する価値基準の相違を示していることを考えさせる。

『剣』の特異性に不審を抱き、それ故に重要視する犬猪（里）の立場は、かつて『剣』を売買によって私有していた具の立場とは自ずと異なる。犬猪（里）の立場からは、『剣』は「異剣」であり、売買する対象では無かったのである。それ故の献上である。『剣』に対するそうした扱いの差は、具一家が滅亡したことに対する不審と重なり、二つの出来事をともに語ることへ繋がったのではないだろうか。

『剣』を献上された朝廷側は、それを「宝剣」として一旦受け入れ、天武十二年七月に曾禰連麿に任じて里へ返還する（本文④）。[31]曾禰連氏は『新撰姓氏録』に「石上同祖」（左京上別上）とあり、石上神宮で武器の管理にあたった物部氏と関連のある氏族であった。武器に対して造詣の深い人物像が浮かびあがる。さらに、河内国に本拠をおく曾禰連氏は、『剣』が発見されてから献上されるまでの経緯を把握できる立場にあったであろう。つまり、剣・刀に詳しく、且つ河内国、延いては兎寸村における剣・刀の事情に通じていると考えられる人物が『剣』の返還を任されたとされているのである。

かつて正当な商取引で仲川里に賷された『剣』の返還先は当然、同じ里であった。発見者である苫編部に戻されていないこと、即ち保管者として適任とされていないことは、苫編部がその価値に対する知識を有していないことを証していよう。麿は、『剣』の価値や取引の経緯、里で『剣』が重要視されている事情を、朝廷側が考慮したことを示すために登場させられたのではないだろうか。仲川里において麿は、『剣』の稀少価値と、所有権を保証する者であった。そのため、『剣』が仲川里に安置されたことが里の内外により納得されたのだろう。

「異剣伝説」における登場人物の名に注意すると、先に述べた「犬猪」以外の人物も周到に役割を与えられていることが理解される。『剣』を購入した「具」は「具足」「道具」など物をそろえる語を聯想させ、また返還を任じられた「麿」は氏族の代表者であることを考えさせる。仲川里において著名な苫編部が宝剣とも言うべき『剣』に関わった故に、「異剣伝説」はその行動を詳述するという展開となっているのであろう。

讃容郡で特殊な刃を有する『剣』を保管し、その来歴が伝説として伝えられた理由は、ひとつには、それが「宝物」と認められ、朝廷に献上された「剣」であったことがあげられる。『日本書紀』にも記載されるほどの、播磨国にとって大きな出来事であり、当然、その話を残そうと思考されたであろう。

さらに、『剣』そのものの価値に対する評価は、産鉄地である播磨国においていっそう重要視されたと推測される。当時、仲川里周辺は、有数の産鉄地であった。『播磨国風土記』にも、讃容郡〈鹿庭山〈生鉄〉、金肆山〈鉄のクラを発見〉）、宍禾郡（柏野里敷草村〈生鉄〉、御方里金内川〈生鉄〉）に産鉄の記事が見られる(32)。また、藤原京出土木簡のひとつに「讃用郡駅里鉄十連(33)」と書かれてあることは、大宝年間から和銅初年鉄の貢納を裏付けている。讃容郡で、特殊な『剣』の剣身を手にした苫編部犬猪が早速鍛人を家に招いたのは、「剣」に馴染みがないとはいえ、身近に大鍛冶や農具を調する鍛冶師が存在したことを想像させ、この話の展開において所以のあることであったと言える。

仲川里の『剣』は、その珍しさ、貴重さゆえに、御宅に安置されたものであった。安置の理由は刃の形状が特殊であり、長期間錆びなかったという品質によるためで、産鉄地を有する播磨国であるからこそ見出され、さらに朝廷とのやりとりがあったために、『播磨国風土記』に「異剣伝説」として記されたと考えられる。「異剣伝説」は、『剣』の来歴を記し、その特殊性を説明するうえで、現象を追って話を展開させるのみである。そこでは『剣』が「異剣」であることの具体的な意味を「記さない」という方法がとられている。『剣』に対する具体的な意味づけを示さないまま、朝廷に献上しているのである。もとより、当時において『剣』が霊剣であるか否かといった意味付けは朝廷の裁可こそが重要であり、信憑性を伴ったであろう。とはいえ、献上以前にその意味を「記さない」ことには『播磨国風土記』における判断があったはずである。

伝説の構成や表現には、霊剣の伝説との類似が指摘され、丸部の家の滅亡や、「刃不レ渋、光如二明鏡一」「此剣、屈申如レ蛇」といった『剣』の現象も霊威のために起こったという解釈を許容するかのようである。その一方で、丸部具が『剣』を手に入れた方法が売買によること、そして『剣』の「今」の状態が祀られておらず、御宅に

「安置」されていることは、『剣』が霊剣であると解釈しようとする志向を躊躇させる。『播磨国風土記』は「異剣伝説」における『剣』の扱いにおいて霊剣を思わせつつ、しかしその意味を「記さない」のである。この「記さない」方法に、『剣』が霊剣でも単なる武器でもなく、しかし保管されるべき理由のある「もの」であることが示唆される。『剣』は霊剣ではない。ただし、朝廷に献上したこと自体が里にとって特別な意味づけがあったことを示している。それ故に献上がなされたのである。そして朝廷に献上された後、曾禰連麿によって返還された経緯を有することによって『剣』に特別な意味のあることが保証されている。伝説が『播磨国風土記』に採録された理由は、まさしくそこにあっただろう。『剣』の意味を「記さない」方法は、『剣』が霊剣では無いけれども、特別な「もの（宝剣）」ではあることを説明するために工夫した、その結果として考えられた方法であったと考えられる。

注

（1）『日本国語大辞典』第二版

（2）玄同社、明治二〇年

（3）井上通泰氏は、『播磨国風土記新考』で敷田氏の「天目一神」の解釈に対して「何の証據も無き空想に過ぎず」と否定される。

（4）岩波書店、昭和五八年

（5）『風土記研究』一三、平成三年

（6）小学館、平成九年

(7) 神田典城編『風土記の表現　記録から文学へ』笠間書院、平成二一年
(8) 大岡山書店、昭和六年
(9) 『後漢書』鍾離意伝李賢注所引「意別伝」に「男子張伯除二堂下草一、土中得二玉璧七枚一、伯懐二其一一、以二六枚一白レ意。意令二主簿一安二置几前一」とみえる。鍾離意が孔子廟を整理していた時、張伯という人物が土中から玉璧を七枚得て、六枚をもって意に報告した。意はそれを孔子が使っていた机の前に「安置」させたという。『捜神記』巻三冒頭に同話が見える。
(10) 彌永貞三「大化以前の大土地所有」『日本経済史大系』1、第二章、東京大学出版会、昭和四〇年
(11) 八十八年秋七月己酉朔戊午、詔二群卿一曰、「朕聞、新羅王子天日槍、初来之時、将来宝物今有二但馬一。元為二国人一見レ貴、則為二神宝一也。朕欲レ見二其宝物一」。即日遣二使者一、詔二天日槍之曾孫清彦一而令レ献。於レ是清彦被レ勅、乃自捧二神宝一而献之。羽太玉一箇・足高玉一箇・鵜鹿鹿赤石玉一箇・日鏡一面・熊神籬一具。唯有二小刀一一。名曰二出石一。則清彦忽以二為非レ献二刀子一、仍匿二袍中一、而自佩之。天皇未レ知下匿二小刀一之情上、欲レ寵二清彦一、而召之賜二酒於御所一。時刀子従二袍中一出而顕之。天皇見之、親問二清彦一曰、「爾袍中刀子者何刀子也」。爰清彦知レ不レ得レ匿二刀子一、而呈言、「所レ献神宝之類也」。則天皇謂二清彦一曰、「其神宝之豈得レ離レ類乎」。乃出而献焉。皆蔵二於神府一。然後、開二宝府一而視之、小刀自失。則使レ問二清彦一曰、「爾所レ献刀子忽失矣。若至二汝所一乎」。清彦答曰、「昨夕、刀子自然至二於臣家一、乃明旦失焉」。天皇則惶之、且更勿レ覓。是後出石刀子自然至二于淡路嶋一。其嶋人謂レ神、而為二刀子一立レ祠。是、於レ今所レ祠也（垂仁紀）
(12) 『日本古代の文字と表記』吉川弘文館、平成二一年
(13) 沖森卓也・佐藤信・矢嶋泉編著『播磨国風土記』山川出版社、平成一七年
(14) 佐伯有清『新撰姓氏録の研究』考証篇、和泉国神別条（吉川弘文館、昭和五七年）
(15) 小松和彦氏は、『異人論序説』（筑摩書房、平成四年）「異人殺しのフォークロア」において、民俗社会にあらわれた「異常」を説明するために「異人殺し」というモチーフが発生し伝説や昔話において変容することを論じられている。この「異人殺し」の構造は、逆に、「異剣伝説」における「異常」な事態が、「異人殺し」のような真実を覆い隠しているという解釈、もしくは『剣』自体に「異常」の要因を求め、「霊剣」の存在を容認する解釈へと意識を向けさせる。しかし、「異剣伝説」の内

部でそうした解釈への発展が許容されるとは考え難い。

(16) 『説文解字』に「澀　不レ滑也」と見え、なめらかでない状態をさす。『新撰字鏡』（天治本）にも「鉎〈加禰乃佐美〉」とあり、『令集解』営繕令には「凡貯庫器仗、生レ渋綻断者、三年一度修理」に対して「古記云、生レ渋、謂著二佐婢一也」といった注が見えることから、日本では「さび」の意味に用いられたと考えられる。

(17) 日本古典全書・井上新考では「廻」が「適」の誤りとされる。

(18) 日本古典文学大系・東洋文庫・播磨国風土記注釈稿・新編日本古典文学全集

(19) 『風土記を読む』おうふう、平成一八年・山川出版社刊『播磨国風土記』

(20) 「豊城の剣」を掘り出した話は『藝文類聚』巻六十「剣」・『初学記』巻二二「剣」（事対「遷地　撤天」の項）所引の雷次宗『豫章記』にも見える。

(21) 『藝文類聚』巻六十「剣」所引『異苑』にも同話あり。

(22) 『史記』高祖本紀

(23) 本書第二章第一節―二「『肥前国風土記』弟日姫子譚」

(24) 平成一五年の時点で四九遺跡六一例が確認されている（『考古学ジャーナル』四九八、特集　蛇行剣、平成一五年二月）。その後も数例発見されている。

(25) 『古代の女性』（島根県立八雲立風土記の丘資料館）に宍道年弘氏の作成による昭和六三年時点の分布図が見える。和泉国内では七観古墳（大阪府堺市）、播磨国内では亀山古墳（兵庫県加西市）と茶すり山古墳（兵庫県朝来市）から出土している。

(26) 「中部地方の蛇行剣」『古代学研究』一八〇、平成二〇年一一月

(27) 天武紀三年八月三日条の「秋八月戊寅朔庚辰、遣二忍壁皇子於石上神宮一、以二膏油一瑩二神宝一。即日、勅曰、『元来諸家、貯二神府一宝物、今皆還二其子孫一』」という記事は、それ以前に諸国から「宝物」が集められていたことを示している。

(28) 『続日本紀』元明天皇和銅六年七月六日条に、大倭宇太郡波坂郷の長岡野から出土した銅鐸を献上した記事が見える。

(29) 『論語』子路に「請レ学レ為レ圃、曰、吾不レ如二老圃一」とあり、集解に「馬融曰、樹二菜蔬一曰レ圃也」とされる。

(30)　朝廷に献上された宝物を返還することについては、例えば、天武紀三年八月三日条に「即日、勅曰、元来諸家貯二於神府一宝物、今皆還二其子孫一」とみえる。大化の改新後、政権が安定したための処理策と考えられる。

(31)　飯泉氏前掲注（7）

(32)　このうち、鹿庭山〈現在の大撫山、三日月町の西北が比定地〉の記事は、「山（鹿庭山）四面有二十二谷一。皆有二生鉄一也。難波豊前於朝庭始進也。見顕人別部犬、其孫等奉発之初」と見え、孝徳朝に鉄の貢献を始めたとされている。山塊そのものが砂鉄採掘地であるこの山を北側の中心として、周囲には約五五遺跡からなる古代から中世にかけての一大遺跡群を有していた。各産鉄地域には精錬のための製鉄炉が操業された址が遺る（土佐雅彦「播磨の鉄」『風土記の考古学　2　播磨国風土記の巻』同成社、平成六年）。

(33)　昭和五一年度大官大寺第三次調査、東回廊にて出土（奈良国立文化財研究所『藤原宮出土木簡』二、昭和五二年）。

二　『萬葉集』「境部王詠㆓数種物㆒歌一首」

境部王詠㆓数種物㆒一首〈穂積親王之子也〉
虎に乗り古屋を越へて青淵に鮫龍取り来む剣刀もが
（巻十六・三八三三）

『萬葉集』巻十六に収められた歌の中に、数種の「物」を詠み込むものが見られる。「詠㆓行騰・蔓菁・食薦・屋樑㆒歌」（三八二五）、「詠㆓香・塔・厠・屎・鮒・奴㆒歌」（三八二八）、「詠㆓酢・醤・蒜・鯛・水葱㆒歌」（三八二九）、「詠㆓玉掃・鎌・天木香・棗㆒歌」（三八三〇）、「詠㆓白鷺啄㆑木飛㆒歌」（三八三一）、「忌部首詠㆓數種物㆒歌」（三八三二〈枳・棘棗・倉・屎・刀自〉）、「高宮王詠㆓数種物㆒歌」（三八五五〈皂莢・屎葛・宮〉・三八五六〈婆羅門・小田・烏・瞼・幡幢〉）などがそれである。巻十六に見られるこれらの「物」を詠む歌は、滑稽性に富む内容のものが多く、『萬葉集』の他の巻における詠物歌とは、異なる方法にあると考えられる。

中国六朝時代に盛んに行われた詠物詩の影響は、『懐風藻』にまず見られ、『萬葉集』においても詠物歌として展開した後期の歌作の中に見られる。詠物詩題には、数種の「物」を同時に詠み込むものが見られるが、小島憲之氏は、『萬葉集』巻十六の詠物の歌は、そうした通常の詠物詩の影響とは異なる歌作であるとされる。巻十六の歌の「場」は、「官人歌人の集つた『文學《あそび》の座』」であり、そこで即席即興的に詠まれた歌は、「戯れ的である」ということにおいて他巻の詠物歌とは異なるものである。そのような、集団の座で即座に詠物を歌に詠み込む方

法には、『遊仙窟』の影響が濃厚であることを明らかにされている。(1)

右の境部王の歌もまた、そうした歌の一首である。境部王（坂合部王）は、穂積親王の子で、養老元年（七一七）に従四位下、二十五歳で亡くなったときは従四位上であった（『懐風藻』）。『萬葉集』には他に歌作を見ないが、『懐風藻』に「宴二長王宅一一首」(50)、「秋夜宴二山池一一首」(51)の二首が見える。詩は、長屋王宅で行なわれた詩宴での作で、そうした宴の場に出入りしたことが窺われ、三八三三の歌も集団の座で作られ、披露されたものと推定される。

三八三三歌で詠まれる「数種の物」は、「虎」「古屋《ふるや》」「青淵《あをふち》」「鮫龍《みづち》」「剣刀《つるぎたち》」である。「数種の物」の提示は、詠み手にその場で与えられるものであるという理解が一般的であるが、伊藤博氏は、「物の選択は詠み手自身に任されて詠んだのがこの種の物名歌」であり、何を取り合わせるかがその場の関心事であったとする。(2) それを確かめる方法を持たないが、「文學の座」では、そうした戯れに挑戦するような機会もあったのかもしれない。

三八三三歌は、全体に恐ろしいものが詠み込まれているとされる。「鮫龍」について、『代匠記』は「蛟龍」の誤りとするが、木村正辞氏が『礼記』「中庸」の「今夫水一勺之多、及二其不レ測黿鼉蛟龍魚鼈生焉、貨財殖焉」の注に「音交、本又作レ蛟」（初唐・陸徳明『経典釈文』巻十四）とあることを挙げ、(3) さらに山田孝雄氏が『慧琳音義』の「鮫螭〈上音交下恥知反、並龍魚之種類也〉」(4) 例を挙げて「鮫、蛟通用せしこといよいよ明らかなり」(5) とするように、三八三三歌の「鮫龍」は「蛟鮫」と同義であろう。(6)

「鮫龍」は『淮南子』「人間訓」に「山致二其高一、而雲起レ焉、水致二其深一、而蛟龍生焉」と見え、同じく「墜形訓」に「介鱗生二蛟龍一、蛟龍生二鯤鯁一、鯤鯁生二建邪一、建邪生二庶魚一、凡鱗者、生二於庶魚一」とあって、鱗のある龍の一種で、水中に棲むものである。『倭名類聚抄』（十巻本）に「蛟　説文云、蛟〈音交、美都知、日本紀私記用二大虬二字一〉」とあることから「みづち」と訓む。「鮫龍」「虎」ともに当時の人々に怖れられる伝説上の怪異である。虎は実在する動物ではあるが、当時それに関する知識は、龍と同じく漢籍から得ていたはずである。

一首は、「虎」を御して「古屋」を跳び越え、「青淵」に行って、怖ろしい「蛟龍」を取って来よう、そんなことのできる「剣刀」が欲しいものだ、と歌う。「古屋」は、地名とも(8)、古びた家屋のことども(9)解され、また「白屋」の誤字とし、そこに「白虎・青龍」の対を見る説もある(10)。

山田氏は、『白氏文集』（巻二）の「凶宅詩」(0004)に見られるごとき、「人の住まずなりたる古き家にて鬼などの領すとして当時恐れて近づからざりし家」とする(11)。伊藤氏が『萬葉集釋注』「古屋」の語釈に「十七人自圧壊運二古屋於寺家一」（〈「山作所作物雑工散役帳」天平宝字六年三月三十日〉『大日本古文書』五―一八五頁）を引くように、「虎」が人の近寄ることのできない古い家屋を跳び越えた、と解するのが妥当と思われる。契沖が履中紀の「鷲住王、為人強力敏捷。由レ是独馳二越八尋屋一而遊行…」を引くのを山田氏は「古屋にては大小の義なし」と退けるが、「虎」に連想される敏捷性や力強さを思えば、これも妥当と思われる。「青淵」は、深く水を湛える淵のことで、『遊仙窟』（醍醐寺本）に「碧潭」を「アヲフチ」とする。『枕草子』には「おそろしきもの」のひとつに数えられ、あまりに青く深い淵が時に一種の不気味さをもって捉えられたことが考えられる。

従来の研究では、主として一首の出典を求めつつ、それに基いて歌の趣向が論じられてきた。小稿では、先行研究を踏まえ、この歌に「剣刀」が詠まれていることに注目し、その内容を分析する。三八三三歌の一首全体としては、境部王は、「剣刀」が欲しいと歌っている。この種の歌の「場」が即興的であり、且つ、もし伊藤氏の推測されるように詠み手自身が「物」を選んだのであれば、歌を求められた境部王が、新しい「剣刀」が欲しいと、思わず本心を詠んでしまったことも、想像されなくはない。いずれにしても、三八三三歌は、「虎」を手懐けて、怖ろしい場所を物ともせずに「鮫龍」を取って来られるような「剣刀」を求める歌であると言える。

それではこの「剣刀」とはどのような「もの」であるのか。ここで疑問とするのは、境部王が歌う「剣刀」が、当時の剣・刀の把握において、どのような「もの」として表象されてあるのか、ということである。剣・刀の実際の種類や形状の検討は踏まえられるべきであるが、三八三三歌における「剣刀」の表現ということを見てみたい。

なお、「剣」の表記は、諸本に「釼」（尼崎本・類聚古集・紀州本・西本願寺本・陽明本・広瀬本）と、「劔」（京大本）の二種類が見られる。「釼」字は、『六書正譌』に「劒」（去声二十九）「俗作レ釼非」とされる。(7) 日本では古くより「剣」の義で用いられたことが知られ、長屋王邸跡から出土した木簡に「犬田卩（部）釼」と見られることや、『日本書紀』（巻二四）の岩崎本に「釼《ツルキノ》の如《シ》く」とあることは、その傍証となろう。従って、小稿では「剣」「劔」「劒」「釼」をすべて通行字体の表記「剣」に統一する。

「剣刀」は、『萬葉集』中に、

…ますらをの　男さびすと　剣刀　腰に取り佩き　さつ弓を　手握り持ちて　赤駒に　倭文鞍うち置き　這ひ乗りて　遊び歩きし　世の中や　常にありける…
（5・八〇四、山上憶良「哀二世間難一レ住歌」）

としてますらをの出で立ちを表わす。「剣刀」は、「弓」とともに、立派な男性の装備として腰に佩かれるべきものであった。「身」の枕詞であるのは、そうした考え方による。

…玉藻成す　彼依り此く依り　靡相し　嬬の命の　たたなづく　柔膚すらを　剣刀　身に副へ寐ねば　ぬばたまの　夜床も荒るらむ〈一云、荒れなむ〉　そこ故に　慰めかねて…

（2・一九四、柿本人麻呂「献二泊瀬部皇女忍坂部皇子一歌一首」）

男性が常に身に着けているべき大切なものとしての「剣刀」に「嬬の命」が重ね合わされることで、側に置かずには居れないのに、という恋情が表現される。

白井伊津子氏は、「『物』として『梓弓』『剣大刀』などを詠み込む歌のばあい、枕詞被枕詞関係の一部になるにしても、その『物』は、一首において人事や心情を具象的ないし象徴的に説明する役割を担って」いるとする。[12]枕詞として「剣刀」が喚起する人事や心情は、

剣大刀名の惜しけくも吾はなし此のころの間の恋の繁きに

（12・二九八四、寄物陳思）

都流芸多知いよよ磨ぐべし古ゆさやけく負ひて来にしその名そ

（20・四四六七、大伴家持「喩レ族歌」）

と「名」や「磨ぐ」にかかって、その覚悟のさまを表わす。また、「汝」にかかる、

常世辺に住むべき物を剣刀己が心からおそやこの君

（9・一七四一、「詠二水江浦嶋子一」）

の例は、「剣刀」が身を守るものでもあり向けられるものでもあるという両面性が、「己が心」の選択の失敗ということを強調していると考えられる。

…石枕　蘿生すまでに　新た夜の　好く通はむ　事計り　夢に見えこそ　剣刀　斎ひ祭れる　神にし座さば

（13・三二二七）

と「斎ふ」にかかるのは、剣・刀が邪を払うための神聖な呪具であることを想起させ、「事計り　夢に見えこそ」

と願い、身を潔斎することに結び付けられる。

「剣刀」の枕詞的な使われ方として、『日本書紀』には次のような例がある。

　癸卯、有下如二風之声一呼中於大虚上曰、「剣刀太子王也」。亦呼之曰、「鳥往来羽田之汝妹者、羽狭丹葬立往〈汝妹、此云二儺邇毛一〉」。亦曰、「狭名来田蔣津之命、羽狭丹葬立往也」。俄而使者忽来曰、「皇妃薨」。天皇大驚之、便命レ駕而帰焉。（履中紀五年九月十九日）

「太子」（ひつぎのみこ）が、履中天皇と皇太子瑞歯別皇子（允恭天皇）とのどちらを指すのか、説が分かれるが、いずれにしても、剣・刀が王権の象徴であることによって「剣刀」が「太子」に冠されていると考えられる。では、以上のように表わされる「剣刀」は、どのような表現を担う「もの」であるのか。

「剣刀」という語は、「都流芸多知」（『萬葉集』巻二十・四四六七）から分析されるように、「つるぎ」と「たち」とから成る語で、西宮一民氏は、「『剣《つるぎ》』は刀剣類の種別名で『大刀《たち》』が刀剣類の総称[13]」とされる。「剣」と「刀」とは、『倭名類聚抄』（十巻本）が『四聲字苑』をひいて、「剣」は「似レ刀而両刃曰レ剣」、「刀」は「似レ剣而一刃曰レ刀」とするが、奈良時代以前においては、その分類が必ずしも一致しない。記紀に「剣」の言い換えとして「刀」とされることがあるため、「刀」も「たち」と同じく剣・刀類の総称と考えられる。「つるぎ」「たち」の語はそれぞれ「つるぎ」の訓が「剣」字にのみ対応するのに対し、「たち」は、「刀」「大刀」のほかに、「御刀」「横刀」「剣」に対しても訓まれる。

「御刀」は「御刀媛〈御刀、此云二弥波迦志一〉」（景行紀十三年六月）から「みはかし」の訓が考えられる。ただし、景行記で「衣着せましを　多知佩けましを」（記歌謡29）と対応し、「横刀」は同じく景行記で「出雲建が　佩ける多知」（記歌謡23）と対応するため、「たち」とも理解されたと考えられる。また神武記でも「平国之横刀」を「此刀」とも表わすことから「たち」の訓みが導きだされる。「剣」は、『萬葉集』に「懸け佩きの　小剣《をだち》取り佩き」（9・一八〇九）、「剣後《たちのしり》」（7・一二七二、10・二二四五）とある。このような例から見ると「つるぎ」と「たち」との関係は、種類と総称とで捉えられ得るが、そうであるとすると、「剣刀」は「つるぎ」である「たち」と解されるのであろうか。

「剣刀」について、本居宣長は、神代記に見える「都牟刈之大刀」（八俣遠呂智退治）と同じであるとする。[14] すなわち、「都牟賀理《ツムガリ》とは、物を利《ト》く截斷貌《キリタツサマ》を云ッ」とし、「都流岐《ツルギ》と云も、此ノ都牟賀理《ツムガリ》の約《ツヅマ》りたる名【賀理《ガリ》は岐《ギ》と切《ツヅマ》り、牟《ム》と流《ル》と通ふ、】なれば、都牟刈之大刀は、劒之太刀《ツルギノタチ》といふに同じ」という。しかし、「都牟刈之大刀」の「刈」字は卜部系写本に「川」のような字の左に点を附す字を寛永版本などが「刈」と校訂したもので、真福寺本および伊勢本系写本には「都牟羽之大刀」とあり、これを「剣刀」と同じとするには疑問が残る。[15]

「剣刀」との関連が窺われる語に、「つるぎのたち」がある。

嬢子の　床の辺に　我が置きし　都流岐能多知　その多知はや　（景行記歌謡33）

土橋寛氏は「つるぎ」の語源を「吊り佩き」とする『大言海』を引いて、「都流岐能多知」の語構成は「『御佩かしの十拳剣』（神代紀）、『御執らしの弓』（万三）と同じであり、ミハカシやミトラシが刀や弓を表わすように、ツルキも太刀を表わすようになったものではないかと思われる[16]」としている。つまり、「つるぎ」と「たち」はともに同じ意味をもつと考えられるという。

「剣刀」を実際の遺物に即して検討されたのが鈴木敬三氏である。正倉院宝物として現在も残る器杖の中には、鋒（切先）のみ両刃のものが六口（北倉38、中倉8―8・11・20、中倉9―48・49）見られる。この形状の刀身は、「国家珍宝帳」に「鋒者両刃」[17]と註記される。こうした形状の刀身は、古墳時代中期頃から現われ始めた。鈴木氏は、

剣刀諸刃の利きに足踏みて死なば死なむよ公に依りては　（11・二四九八、寄物陳思）

と「諸刃」にかけて用いられる「剣刀」について、[18]正倉院に残るような「片刃の直刀形式で、鋒だけを両刃にした折衷様式であるとすれば、万葉集に見える劒刀といふ表現は極めて適切である」とする。[19]「諸刃」とあるからには、刀身が全て両刃か、鋒のみ両刃のどちらかの形状であろうけれども、歌の内容からはそのどちらであるか判断がつかず、またすべての「剣刀」の歌にそうした形状のものが想定されるかは、疑問が残る。「国家珍宝帳」の「大刀之壹佰口」には、「剣」とされる器仗が三口あるが、注記に拠れば、そのうちの二口（「陽宝剣」「陰宝剣」）は鋒が片刃で、刃の部分全体が両刃と見られるものは「金銅荘剣」一口のみである。日本では、古墳時代初期から両刃の「剣」は片刃に取って代わられ、次第に儀仗化してゆく。正倉院の例はその過程を示すものであろう。

記紀の例では、下の巻に至るほどに、「刀」の例が「剣」の例を圧倒する。特に『古事記』では、「剣」と「刀」とは明確に使い分けられている。「剣」は、『古事記』では用例の多くを「十拳（掬）剣」が占め、すべて神代記に見られる。「草那芸剣」も神代巻に由来をもつことからすると、歴代巻での「剣」の例は、景行記で倭建命が熊曾建兄弟を殺す場面と履中記で水歯別命が隼人の曾婆訶理を殺す場面との二例のみとなる。熊曾と隼人とは、共に南九州地方の部族で、中央政権には異質な力を持つと見られていた。殺害に至る場面はそれぞれ、「如二熟瓜一振析而、殺也」（景行記）、「滅二其正身一…（中略）…斬二其隼人之頸一」（履中記）と記され、ただ殺すだけではない、異常な様子を呈している。『古事記』では「剣」は、そうした特別な対象に向けられているのである。

「剣」の頻出度が、人代において次第に低くなる（かわりに「刀」の例が増える）という傾向は、『日本書紀』にも見られる。そうした傾向からすれば、「剣」は、刃の形状としては両刃を基準とするものの、片刃であっても、古い形式を保つものとして特別視されるものを言うと考えられるのではないか。なかでも神聖視されるものは、「宝剣」とされた。[20]「剣」（つるぎ）には、古く優れて尊い器仗の印象が持たれたのであろう。その印象は、剣・刀類を表わす「刀」（たち）の語と結びつき、「剣刀」はますらをの佩くのに相応しい器仗を表わすことばとして理解されて行ったのではないか。

上代における「剣刀」の例は、『萬葉集』および履中紀に限られ、「剣刀」と同義とされる「都流岐能多知」（景行記歌謡33）も歌謡における一句である。おそらく「剣刀」は、一般的な語であるより、むしろより韻文に相応しい語として用いられたのだろう。

当時の官人にとって剣・刀は身近な武器であった。剣・刀の形状についての知識も持ち合わせていただろう。しかし、たとえば「剣刀　身に添う」と歌われる「剣刀」は、「我が背」の佩く器仗であるから、「嬬の命」の寄り添う姿と重なり得る。形状は、持つ者個々に想定されてよい。同様のことは、「つるぎたち　腰に取り佩き」と歌われる場合にも言えるだろう。ますらをが佩く剣・刀は、ますらをが身に着けて立つのに相応しい剣・刀であって、それがどのような形状なのかが問われているのではない。それを佩く姿がますらをとして完成されてある、そのことを歌うのであろう。「剣刀」は韻文における剣・刀の総称のひとつとしてあったのではないか。それを「諸刃」と表わすのは、歌の要請に応じた表現であると考えられる。

では三八三三歌の「剣刀」は、どのような「もの」と理解されるであろうか。それは、ただますらをの佩く剣・刀なのではない。「鮫龍」を取って来るという、明確な機能を持った剣・刀である。一首に詠まれている「鮫龍」はもとより、「虎」も、怖ろしいものではあるが、日本では伝説上の怪異である。境部王が実際に「剣刀」を得たからと言って、そうした伝説上の生き物を退治しに行こうと本気で言っているわけではあるまい。そこには、「剣刀」の威力を、非常に大げさに歌ってみせるという、戯れの趣向が窺われる。

「虎」や「鮫龍」は、漢籍に現われる。「鮫龍」を取る剣・刀については、『代匠記』が、漢・王褒〈子淵〉「聖主得二賢徳臣一頌」（『文選』巻四十七）、晉・郭璞〈景純〉「江賦」（『文選』巻十二）、『晉書』「周処伝」（二八）を挙げる。

「聖主得二賢徳臣一頌」には、

及レ至二巧冶鑄干将之璞一、清水淬其鋒、越砥斂其鍔、水断蛟龍、陸剸犀革

とあり、李善注に「『胡非子』曰、負二長剣一、赴二榛薄一、析二兕豹一、赴二深淵一、断二蛟龍一」とある。「干将」は、霊剣の名で、それを作った呉（越とも）の干将の名から呼ばれる。巧みな鍛冶が干将の地金で刃を作り、冷水に浸して越の砥石で斂め磨けば、蛟龍を断ち犀の皮を切るという。

また、「江賦」の「壮荊飛之擒蛟、終成気乎太阿」の李善注に引く『呂氏春秋』は、『藝文類聚』（巻九六）「蛟」にも見える。

『呂氏春秋』曰、荊有二佽飛一者、得二宝剣一、還渉江、有二両蛟一夾二繞其船一、佽飛抜レ剣赴レ江、刺レ蛟殺之、荊王聞レ之、仕以執珪。

『藝文類聚』「蛟」は、『晉書』「周処伝」と同内容を伝える『世説』を引く。

『世説』曰、周処年少時、凶強侠気、為二郷里所レ患。又義興水中有レ蛟、山中有レ虎、並皆犯暴、百姓謂為二三

横一、而処既刺二殺虎一、又入レ水殺レ蛟。蛟或浮或没、行数十里、処与レ之俱、三日三夜。郷中皆謂二処死一、更相慶賀。処竟殺レ蛟而出、遂自改励、終為二忠臣孝子一。（『説苑』）

周処が、人々から「蛟」「虎」と共に三横（三悪）と言われていることに気が付き、心を改めて「蛟」と「虎」と闘い、これを退治したという。「蛟」は「鮫龍」ではないが、「虎」との対として注意される。なお「蛟龍」と「虎」との対を探るならば、

勇士孟賁、水行不レ避二蛟龍一、陸行不レ避二虎狼一

蛟龍連二蜷於東厓一兮、白虎敦二圉乎崑崙一（漢・楊雄〈子雲〉「甘泉賦」、『文選』巻七）

といった例が挙げられよう。利剣で「蛟龍」や「蛟」といった水に棲む龍の類を退治する故事は、漢籍に多く見られる。また、「蛟龍」と「虎」との対も、珍しいものではない。両者は、水と陸とに棲む怖ろしいものの代表として表わされる。

「みづち」を「剣」で斬る話は、『代匠記』に引かれるように、日本でも、仁徳紀に次のような話がある。

是歳、於二吉備中国川嶋河派一、有二大虬一令レ苦レ人。時路人触二其処一而行、必被二其毒一、以多死亡。於レ是笠臣祖県守、為人勇捍而強力。臨二派淵一、以二三全瓠一投レ水曰、「汝屢吐レ毒、令レ苦二路人一。余殺二汝虬一。汝沈二是瓠一、則余避之。不レ能レ沈者仍斬二汝身一」。時水虬化レ鹿以引二入瓠一。瓠不レ沈。即挙レ剣入レ水斬レ虬。更求二虬之党類一、乃諸虬族満二淵底之岫穴一。悉斬之、河水変レ血。故号二其水一、曰二県守淵一也。（仁徳紀六十七年是歳）

県守という強力の者が、毒を吐いて人々を苦しめる「大虬」とその一族を殺す。このような「大虬」は、水辺に棲む怖ろしい怪異の象徴である異形の蛇（記紀のヤマタノヲロチ、『常陸国風土記』の夜刀神など）を退治する話に通じ

るものであろう。人々はこれを退けることで豊かな収穫を得られると考えた。三八三三歌の「鮫龍」は、そうした信仰を歌うものではないが、「剣」の霊威から聯想される退治譚が広く浸透していたことが窺われる。では、「鮫龍」を「虎」に乗って取りに行くとは、どのような発想による表現であろうか。一句目に戻って見たい。

「虎」は、当時、漢籍のほかにも、毛皮の輸入（天武即位前紀辛未年十月十九日、天武紀朱鳥元年四月十九日）や絵画、工芸品、伎楽の面などでその存在が知られた。大陸において「虎」は、人を食う獣として怖れられたが、その強いイメージから「白虎」や「龍虎」のように憧憬をもって捉えられるようにもなった。[21]怖ろしい「虎」の話は、日本においても、大陸から齎され、流布していたと見られる。欽明紀六年十一月条には、膳臣巴提便という人物が、妻子を虎に食われ、その報復を遂げた話が見える。三八三三歌は、そうした怖ろしい「虎」のイメージを基としていよう。「虎に乗り」という句の解釈は、『萬葉集評釈』に「騎虎の勢」に拠るとされる。これは、『隋書』「独孤皇后伝」に由来する成語である。

及二周宣帝崩一、高祖居二禁中一、総二百揆一、后使三人謂二高祖一曰「大事已然、騎獣之勢、必不レ得レ下、勉レ之」高祖受レ禅、立為二皇后一。

「虎」に乗ってしまったが最後、降りると食われてしまうことから、もはや後に引けないという状況に身を投じ、事を成し遂げるために勢いづくことをいう。[22]しかし、三八三三歌は、そうした危機的な状況を歌うのではなく、むしろ、「鮫龍」を自在に取ることと対応して、「虎」を御してそれに乗ろうと言っていることが考えられる。後漢・張衡〈平子〉「西京賦」（『文選』巻二）に「東海黄公、赤乃粤祝、冀厭白虎、卒不能救」とある李善注には、黄公の故事が引かれる。

『西京雑記』曰、東海人黄公、少時能幻、制レ蛇御レ虎、常佩二赤金刀一。及二衰老一、飲酒過レ度。有三白虎見二於東海一、黄公以二赤刀一往厭レ之、術不レ行、遂為二虎所一レ食。故云不レ能レ救也、皆偽作之也。

黄公は、若くして越人の幻術（粤《えつ》の祝《かんなぎ》）を修め、常に「赤金刀」をもち、「蛇」や「虎」を御すことができたが、年を取って酒におぼれたため、術に失敗して「白虎」に食われたという。「鮫龍」を取る剣・刀は、そのためだけにあるのではなく、「虎」に乗ることをも可能にした、「虎」を御すことのできる剣・刀でもあるのではないか。それには、黄公の「赤金刀」のようなものが想起されると考えられる。

境部王が求める「剣刀」は、陸上において「虎」を御し、水の中で「鮫龍」を斬ることができるような、霊力のある剣・刀である。それは、日本における剣・刀に対する古来の把握が歌に詠まれる景色の内に潜み、漢籍の故事から発想されたものと考えられる。

『萬葉集』における諧謔の歌は、人を笑いの対象とすることがある。巻十六に収められる、戯れの趣向を持つ詠物歌にもそれは見られる。例えば、忌部首の「詠二数種物一歌」では、

枳の棘刈り除け倉立てむ屎遠くまれ櫛造る刀自　（16・三八三二）

とあり、刀自に戯れて呼び掛ける趣向をとる。そして、このように笑われる対象には、作者自身を据える場合がある。長忌寸意吉麻呂の次の二首はその例である。

蓮葉は如是こそ有る物意吉麻呂が家在る物は芋に有らし　（16・三八二六、「詠二荷葉一歌」）

醤酢に蒜搗き合てて鯛願ふ吾にな見えそ水葱の羹物　（16・三八二九、「詠二酢・醤・蒜・鯛・水葱一歌」）

いずれも、作者自身を戯れの歌の登場人物とすることで、「場」を沸かせたことが想像される。

境部王の三八三三歌は、「剣刀」の効用を大げさに歌うが、歌において、そのことばかりが戯れであるのだろうか。境部王は、「虎」や「鮫龍」を従わせるような「剣刀」が欲しい、と言うが、そこには、同時に、立派な「剣刀」さえあれば、自分も「虎」や「鮫龍」を従わせることができるのだ、という大げさな虚勢が表わされており、そのことこそが、戯れの趣向であったのではないだろうか。すなわち、境部王は、自らを伝説の主人公に据えて、歌に滑稽性を持たせたと考えられる。その滑替性は、剣・刀を歌のことばである「剣刀」と表わすことで、一層顕わとなっている。歌の「場」は、その戯れを共有していよう。

歌は、「物」としての具体性を持たない歌のことばとしての「剣刀」に、その機能を具体化させ、歌う内容との落差を生じさせている。それは、「物」を詠むという趣向から生じた歌の表現性であり、『萬葉集』中の剣・刀の歌においては、他に見られない例として貴重である。

注

(1) 「遊仙窟の投げた影」『上代日本文學と中國文學』中、第五篇第七章、塙書房、昭和三九年
(2) 『萬葉集釋注』八、集英社、平成一〇年
(3) 『萬葉集訓義弁証』、明治三一年
(4) 『大唐西域記』(巻十二)「潜居則鮫螭魚龍黿鼉龜鼊」の注
(5) 「萬葉集訓義考」『萬葉集考叢』宝文社、昭和三〇年
(6) 宋本『広韻』では「蛟」「鮫」ともに、下平声・五「交」古肴切。
(7) 集韻に「釼　入質切、鈍也」とあるが、「剣」の義は無く、別字か。京都大学の「拓本文字データベース」では、七四二年のものとされる「唐正議大夫行袁州別駕上柱國苑玄墓誌銘」に「釼南道」(地名)の例が見える。

（8）日本古典文学大系『古事記』岩波書店、昭和三三年
（9）『萬葉集全註釈』（第二巻、増訂版、昭和三一年）に虎が雨漏りを怖れる民話を引く。
（10）岸俊男「聖徳太子と古代刀剣」『遺跡・遺物と古代史学』昭和五五年一二月（初出は、『歴史と人物』一〇〇、昭和五四年一二月）
（11）前掲注(5)。佐竹昭広氏は、さらに『仏説孛経抄』の「人有二十事一、…故屋危墻、蛟龍所レ居…」を挙げ、「故屋」の「墻」を越える意にも取り得るとされる。
（12）『古代和歌における修辞』塙書房、平成一七年
（13）『萬葉集全注』巻三、四七八歌「剣大刀腰に取り佩き」の注
（14）『古事記伝』巻九「都牟刈之大刀」の注（『本居宣長全集』巻九、筑摩書房、昭和四三年）
（15）但し、「羽」もしくは「刈」の崩しを「キ」と訓み、「ツルキノタチ」とする諸本もある。
（16）日本古典文学大系『古代歌謡集』、記歌謡47「本つるき末振ゆ」補注
（17）「金銀鈿荘唐大刀一口」の註記。北倉38に該当する。
（18）他に巻十一・二六三六
（19）「万葉刀劔考」『國學院雑誌』五七―六、昭和三一年
（20）近藤好和氏は「『劔』の表記は、日本古代では両刃の刀剣を表す本来の意味を越え、陽宝劔・陰宝劔がそうであったように大刀の美称となり、『たち』と読む。それが中世の儀仗へと継承された。」（『日本古代の武具　『国家珍宝帳』と正倉院の器仗』平成二六年、思文閣出版）とされる。
（21）富永一登「『人虎伝』の系譜―六朝化虎譚から唐伝奇小説へ―」『中国古小説の展開』研文出版、平成二五年
（22）「騎獣」とされるのは、諱を避けるため。

第二章　「もの」への類感と表現方法

第一節　針考

一　『古事記』三輪山伝説

1　三輪山伝説の神話性

古代、「もの」の機能と質に対してどのような理解と表現性をもちえたのだろうか。古代における「もの」の理解と表現は当時の発想の方法の一つとも考えられる。それは「もの」の機能と質に対する古代的な解釈に即した表現性に結びついているのではないだろうか。

例えば、崇神記の三輪山伝説には「針」が見えるが、「針」を用いる必然性は考えにくい。類似の型をもつ『肥前国風土記』松浦郡条の弟日姫子譚には「針」が見えないからである。(1) 三輪山伝説や弟日姫子譚はいわゆる苧環型説話に属する話型をもつとされる。苧環型説話は一般に、見知らぬ男の夜の訪問、女（或いは女の父母）の疑問、男の正体を知る目的で糸（或いは針と糸）をつけ、翌朝仕掛けた糸をたどって男の居所とその正体（蛇）を知るという構造からなり、「針」は糸をつける道具としてあるだけでなく、結果として殺傷性をもつものとして、主要な位置づけをもっている。(2) しかし、次に見るように三輪山伝説で「針」は殺傷性をもっていない。では、三輪山伝説において「針」はなぜ必要とされたのであろうか。そこに何を表現しているのであろうか。本節では崇神記の三輪山伝説における「針」を取り上げて、古代的な「もの」の把握と表現性について考察したい。

崇神記には次のように見える。

此、謂二意富多々泥古一人、所三以知二神子一者、上所レ云活玉依毘売、其容姿端正。於レ是、有二壮夫一。其形姿威儀、於レ時無レ比。夜半之時、儵忽到来。故、相感、共婚供住之間、未レ経二幾時一、其美人妊身。爾、父母恠二其妊身之事一、問二其女一曰、「汝者自妊。无レ夫、何由妊身乎」。答曰、「有二麗美壮夫一。不レ知二其姓名一。毎レ夕到来、供住之間、自然懐妊」。是以、其父母、欲レ知二其人一、誨二其女一曰、「以二赤土一散二床前一、以二閇蘇〈此二字以レ音〉紡麻一貫レ針、刺二其衣襴一」。故、如レ教而、旦時見者、所レ著レ針麻者、自二戸之鈎穴一控通而出、唯遺麻者、三勾耳。爾、即知下自二鈎穴一出之状上而、従レ糸尋行者、至二美和山一而、留二神社一。故、知二其神子一。故、因二其麻之三勾遺一而、名二其地一謂二美和一也。〈此、意富多々泥古命者、神君・鴨君之祖〉。（崇神記）

三輪山伝説と呼ばれる右は、祟りをなす大物主神の祭主として探し出された意富多々泥古がその神の子孫である所以を記したもので、その内容はのちに正体が明かされる三輪山の神（大物主神）と活玉依毘売との婚姻譚である。「針」は活玉依毘売が夜毎に通い来る「壮夫」の正体を知るために用いる道具のひとつとしてある。崇神記にはこの婚姻譚に先んじて「僕者、大物主大神、娶二陶津耳命之女、活玉依毘売一、生子、名櫛御方命之子、飯肩巣見命之子、建甕槌命子、僕、意富多々泥古白」という意富多々泥古の名乗りがあることから、三輪山伝説における「壮夫」は大物主神であり、その神との婚姻であることが前提となっている。活玉依毘売やその父母による「壮夫」への対応には、相手が神である可能性が含まれていたはずである。そこで、神との関わりという観点からその具体的な内容を検討しておきたい。

活玉依毘売は「容姿端正」で、かつその名は活発な魂とそれが依り憑くことを意味する。その名は同じく「玉依」の名をもつ海神の娘・玉依毘売が鵜葺草葺不合命のもとへ憑り、神倭伊波礼毘古命を産むことなどに通じ、神に選ばれるべき女性としての質をもつことをまず考えさせる。(3) また、活玉依毘売の父・陶津耳命の名には須恵器製作集団とかかわりをもつ一族であることが推測され、崇神紀七年八月条で茅渟県陶邑において大田田根子を得たとする記述と合致する。さらに大和周辺出土の須恵器が和泉陶邑、現在の大阪府泉北地域で製作されたと指摘されること(4)は、崇神紀と照応する。そこから陶津耳命は須恵器製作集団の族長的立場の人物とも推測されている。(5) 大物主神と活玉依毘売との婚姻は、大和に鎮座する三輪山の神とその周辺に勢力を持つ豪族の女との婚姻であり、神の婚姻に相応しい関係として、当時受け入れられたであろう。

その活玉依毘売のもとに「壮夫」が訪れる時の「夜半之時、儵忽到来」という描写はいかにも神の到来を窺わせる。「儵忽」は、後漢の張衡「西京賦」(『文選』巻二)に「奇幻儵忽、易レ貌分レ形」とあり、その李善注に「儵忽、疾也」とあって、目にとまらぬほど速いさまをあらわす。『楚辞』の「天問」第三には「雄虺九首、儵忽焉在」と見え、王逸注に「虺、蛇別名也。儵忽、電光也。言有三雄虺一身九頭、速及二電光一。皆何所レ在也」とあり、「招魂」第九にも「雄虺九首、儵忽焉在」の王逸注に「儵忽、疾急貌也」とあることから、「儵忽」には疾さと電光を伴う意味があり、それが「雄虺」の特質とされていることがわかる。また『霊異記』には「霊、操二牧人之手一、控入二屋内一、譲二所レ具饌一、以饗共食、所レ残皆裹、幷授二財物一。良久、彼霊儵忽〈タチマチニ〉不レ現」(巻下「髑髏目穴笋擢脱以祈之示二霊表一縁第廿七」、前田家本傍訓)とあって、霊の行動が瞬時に行われる例が見られる。「儵忽」

は、ある地点から別の地点への移動においてその過程が視覚的に判別しがたいほどの速さをいう語であろう。すなわち「儵忽到来」は、「壮夫」が戸を開けて現われるのではなく、室内に唐突に現われた状況であることを意味する。このような現われ方をする「壮夫」は「夜半」にしか見えないため、昼の姿、即ちその正体が知れない存在として三輪山伝説では把握され、描写されているのである。

「壮夫」の正体を明かす方法にも神として語ろうとする態度が見られる。父母に誨《おし》えられた活玉依毘売は「床前」に「赤土」を散らして「針」を「壮夫」の衣の襴に刺し、翌朝、「針」に著けた「閉蘇紡麻」のあとを辿って「壮夫」の居処に行き着く。「赤土」を散らす意図については諸説あるが[6]、その色に注目したい。赤色には神をむかえ、邪神を遮る呪性が考えられるからである。『日本霊異記』の「捉レ雷縁第一」（上巻）において、小子部栖軽が三諸岳の雷神を捉える際に、「緋縵著レ額、擎二赤幡桙一」という恰好で馬に乗り、衢に走り出て「天鳴雷神、天皇奉二請呼一」と叫び、神をむかえるのはその例であろう。「閉蘇紡麻」は、『倭名類聚抄』（十巻本）「巻子」に「閇蘇、続麻円巻名也」（織機具）とあることから、紡麻を整え、円く巻き、揃えた状態をさすと考えられる。巻かれた「紡麻」は「壮夫」のあとを辿るための道具として機能し、「壮夫」との繋がりを視覚的に示すものとしてある。それは神が訪れた痕跡に他ならない。「紡麻」が「三勾」残ったことを地名起源とする発想は、それが神による祝福の痕跡として記憶されていたことを示すものであろう。「壮夫」の来訪の様子や正体を明かす方法がいずれも神を意識しての表現と見ることができるからである。とすれば、「針」もまたそうした表現方法の一つであった可能性が考えられる。

2 「針」への理解

三輪山伝説についての諸論の中で、「針」について言及するのは佐竹昭広氏と馬渕和夫氏である。佐竹氏は「蛇婿入の源流─『綜麻形』解読に関して─」[7]で、苧環型説話に見える「針」の殺傷性は「後次的分子」であり、『古事記』の例などは「(針は)蛇を刺すものではなく、単に衣裾に糸をとりつける手段としてのみ受取らねばならない」とする。一方、馬渕氏は、「三輪山説話の源郷」[8]において中国・韓国の苧環型説話をとりあげ、それらと対照させることで三輪山伝説には「当初から、糸と針は欠かせないものであった」とし、「針とはすべて夜来者を殺すはたらきを持っているのであるから、その本質においては鉄の威力に対する信仰が存在しており、その意味において剣と共通の性格を持つ」とする。

三輪山伝説の「針」について、佐竹説は「糸」を付ける道具として、馬渕説は殺傷する道具として見ているが、両説が「針」の機能に対して問題としているのは、その殺傷性についてである。

確かに後世の苧環型説話には、訪れた男の正体を知るために刺した「針」が異類(その多くは蛇である)に対して殺傷性を発揮する話が多い。例えば『源平盛衰記』巻三十三の緒方三郎の出生譚では、嫗嶺明神の垂迹(正体は蛇)が、花御本(女の名)が刺した「針」によって死に至っている。また、苧環型説話ではないが、『古今著聞集』には「針」が、「くちなは」を退ける効力をもつものとしてあらわれ[9]、殺傷性が認められる。

説話におけるこうした「針」の効力を見ると、緒方三郎出生譚の例のように、殺傷の対象はその正体が「蛇」であることが多く、正体が露わになった時に「針」の殺傷性をもつものとして位置づけられる。しかし、三輪山伝説における「針」は殺傷の具としては使われていない。大物主神の祭主として、その子孫である意富多々泥古が探し出されたことは、三輪山の神と活玉依毘売との婚姻が成就した結果、神の子孫が続いたことを示している。そこには婚姻の成就への祝福こそあれ、殺傷といった要素は見られない。また、相手の「壮夫」は、祀られるべき神であることを前提としているけれども神として本来の姿を現わすこともない。三輪山伝説における「針」に殺傷性があったと見ることは疑問である。

三輪山伝説における「針」が、佐竹説のように、元来付いていなかったものであれば、何故付けられたかが問われなければならない。「壮夫」の居処への道程を示すのであれば、『肥前国風土記』の弟日姫子譚のように「糸（「紡麻」）」のみで足りるからである。三輪山伝説において、何故「針」が必要とされているのであろうか。倉野憲司氏は、三輪山伝説が神を探す構想を持つと論じた上で以下のように説かれている。

即ち針だけに注目したのは誤りであつて、針に糸を通して男の衣に刺したといふことを全体として考へなければならなかったのである。而してかかる構想が生み出されたのは、別に深いわけがあるのではなく、女が針に糸を通して衣服を縫ふといふ日常生活から生み出されたものと思はれるのである。[10]

苧環型説話で「針」と「糸」が用いられることについて、説話の背後に女性の生活経験を想定することは首肯される。ただし、氏は、そうした「日常生活」が説話の構想にどのように反映されるのかは言及されていない。そこで佐竹氏は、倉野氏が糸や苧環といった素材を重視しないことを指摘した上で「（その素材に）この説話生成の謎を解くべき『深いわけがある』」として、「苧環の糸」と「機織の仕事」との関聯を説かれるが、しかし「後次的分子」とされる「針」については触れられておらず、そこに「針」への直接的な視点があるとは言いにくい。「機織りの仕事」は布の調達であって「針」はそこに意味を持たないからである。

三輪山伝説における「針」と「紡麻」の意味はさらに検討されるべきであろう。三輪山伝説における「針」と「紡麻」の必要性を検討したい。

3　大物主神と蛇体

上代において、三輪山の神と蛇体のイメージは分かちがたく結びついていたと推察される。崇神紀の箸墓伝説で大物主神が妻・倭迹迹日百襲姫に明かした姿が「待レ明以見二櫛笥一、遂有二美麗小蛇一。其長大如二衣紐一」とあり、また、雄略紀（七年七月三日）で小子部蜾蠃が雄略天皇の勅に応じて三諸山で捉えた神は「其雷虺々、目精赫々」とされる「大蛇」であった。『日本書紀』が三輪山の神についてこのように語る基層にはこの神が蛇体であるという共通理解があったと考えられる。

蛇体は、山の神としての大物主神を可視的にあらわす、ひとつの姿であっただろう。しかし、『古事記』は、三輪山の神が蛇体であるとは語らない。三輪山伝説は神の正体をあらわそうとする展開を持つが、この特徴ある神の姿が明示されることは決してない。神が夜中に姿を変えて女の許へ通い、女がその正体を知ろうとする話型は崇神紀の箸墓伝説においても同様であり、この神は人に「見えざる」ものであったことが認められる。しかも、箸墓伝説で神の姿を見た倭迹迹日百襲姫は蛇体に驚いたことで死を招き、神と対面した雄略天皇はその姿を畏れ「蔽レ目不レ見、却二入殿中一」（雄略紀）とある。

これらはこの神の蛇身との対面が実は慎み忌むべき事態であったことを考えさせる。逆に姿が見えず、隠されている状態にあることで神は鎮まり、良好な関係の構築が可能であることを示唆している。隠されてあることは三輪山の神が蛇体であることと矛盾しない。むしろそのように隠されてある場合にこそ、その神が蛇神であることを人々は思い描くのではないか。

大物主神と蛇身との関係は、神武記の丹塗矢伝説にも推測できる。神は「丹塗矢」と化して勢夜陀多良比売の許に依り憑き、「壮夫」となって結婚する。同じ丹塗矢型の婚姻譚である『山背国風土記』逸文では、「丹塗矢」の正体が乙訓郡の社の火雷神とされる。「矢」は、ここで雷神が姿を変えたものとしてあらわれることから、雷電を表徴すると考えられる。[11]

「矢」がもつ意味についてはこれ以外にも見解が出されており、主なものとしては、丹塗矢型の婚姻譚では神が「矢」となって女に依り憑くことから、男神の象徴であるとされ[12]、またそうした「矢」が本来的には神の依代、斎串としての意味をもつともされる[13]。『山城国風土記』逸文は、「丹塗矢」が雷としての質を負うことを、賀茂神との結びつきによって顕在化させている。火雷神の子賀茂社の可茂別雷は、「即挙㆓酒坏㆒、向㆑天為㆑祭、分穿㆓屋甍㆒、而升㆓於天㆒」と父の許へ去ったとあり、雷として威勢を奮う様子があらわされる。

『常陸国風土記』那珂郡茨城里条の晡時臥山伝説では、努賀毘咩が夜中に通い来る男との間に産んだ蛇が決別の時に「不㆑勝㆓怒怨㆒、震㆓殺伯父㆒而昇㆑天」とある。この蛇が去る時の描写は、可茂別雷と重なり、雷神との結びつきを考えさせる。

さらに類似の例としてあげられるのが、箸墓伝説で大物主神が山へ去る時の「仍践㆓大虚㆒、登㆓于御諸山㆒」という場面である。これらは、雷神としての性格をもつ神が蛇体としてあらわれることを関連づける。「矢」が雷の表徴となる要因は、その直端な形状と、弓から放たれ物を貫く機能にあるのだろう。そして、その形状と機能は、大物主神の姿を蛇体として連想させ得たと考えられる。

「矢」と類似する形状を持つ「針」もまた蛇体を聯想させる外形的な質を有しているといえる。「糸」を通すために開けられている「針」の穴も、蛇の目の印象と重なったかもしれない。ただし「針」は、「矢」や「剣」と比べて大きさとその本来的機能に相違がある。従って蛇体を聯想させる形状の類似のみで「丹塗矢」などと共通の意味を読み取ることは躊躇われる。「矢」や「剣」と「針」は突く、刺すといった動作に伴う機能が対象を貫く点で共通し、「針」が後に殺傷性を有することとも関聯づけられるけれども、「針」は「矢」や「剣」のような武器ではなく、本来は物を縫う道具だからである。

箸墓伝説で大物主神と倭迹迹日百襲姫との婚姻関係は、姫が禁忌を犯したことによって決裂し、蛇身をあらわした神は人の世界との交流をもたず、山へ登ってしまう。一方、神武記では「丹塗矢」に蛇身が象徴されるものの、蛇そのものとしては現われない。両伝説における展開上の大きな差は「神の御子」誕生の有無である。神の子孫が誕生することで成立する神との関係は、神がその正身を顕わにしない限りにおいて可能だったのであろう。神の大物主神が「丹塗矢」として現われ、それによる「神の御子」の誕生を語ることは、箸墓伝説で神が白い小蛇の姿を明かし、人間の世界と決別を語る態度と表裏の関係にあるといえよう。

4 「針」の機能

「針」は三内丸山遺跡（青森県、縄文時代）での出土をはじめとして、[14] 日本でも古くから使用されていたことが確認できる。糸を通すための穴があけられた直針の機能は言うまでもなく縫うことにある。「針」は二つのものを合わせた表側と裏側を往復して糸を導く。二つのものにほぼ同時に穴をあけて糸を通し、表・裏、表・裏とS字型の進行を繰り返すことで、二つを合わせるのである。それが古来より生活において重要な道具とされたことは、南方熊楠氏が「衣食住のうち、衣はぜひ針を俟つて後に完成するもので、人文発達の緒を啓く最も必要の具」(15)とするのを挙げるまでもなく認められる。

縫う行為は上代においても女性の日常的な仕事であり、三輪山伝説で「針」と「糸」が利用される基層にもそうした生活の営みが想定されるだろう。前に触れた倉野氏の論で「針」と「糸」の利用を「全体として」捉え、それが女性の「女が針に糸を通して衣服を縫ふといふ日常生活から生み出された」とされた指摘を再考すべきではないか。

縫う行為とは、二枚の布を「針」と「糸」で合わせて一枚とし、それを繰り返して衣とする作業である。縫うことは『萬葉集』に「草枕旅の翁と思ほして針そ賜へる奴《ぬ》波《は》牟《む》物《もの》毛《も》賀《が》」（18・四一二八、越前国掾大伴宿祢池主来贈戯歌）とある例からも「針」をその道具として欠かせないものと捉えられていたとわかる。「針」と「糸」で二つのものを合わせつけること、それが縫うということの基本的な意味である。

『出雲国風土記』楯縫郡条には、神魂命の詔によって「楯部」とされた天御鳥命が「大神」の楯の製作を任されたことによる「楯縫」の地名起源譚がある。さらに「縫」という用字は、『礼記』「玉藻」の「深衣三レ袪、縫レ斉倍レ要」（斉は裳のすそ、要は腰）の鄭玄注に「縫、紩也。紩二斉下一、倍二要中一」とあって、ものを紩《ぬ》う意味である。また『左氏伝』昭公二年の「季武子拝曰、『敢拝三子之彌二縫敝邑一、寡君有レ望矣』」とある杜預注に「彌縫、猶二補合一也。謂レ以二兄弟之義一」とあり、間隙のないようにあわせることを意味する。離れてある「もの」同士を補完すべく一つに合わせることであるといえる。

裁縫は縫う行為のもっとも日常的な例であり、縫合は「もの」同士を繋ぎ合わせ、一体化させる手段であった。「楯縫」という呼称は、板や皮などに穴をあけ、糸を通して合わせることで一面とする楯の製作方法を示していると考えられる。堅い素材を合わせる場合でも、予め開けた穴に「糸」を通して繋げる、そうした方法も「縫ふ」と言ったのであろう。[16] 楯の製作は縫う行為の一形態であり、生活のなかで職業的に行われていたであろうその仕事を背景とし、地名起源が語られている。それを「楯縫」というとき、そこには当然、「糸」通すための「針」の利用があったと考えられる。

また『出雲国風土記』の国引き神話は、八束水臣津野命が「八雲立出雲国者、狭布之稚国在哉。初国小所レ作。故、将二作縫一」として他国から土地を引いてくる話である。引いてきた土地を繋ぎ合わせるときの詞章に「国々来々引来縫国者」とある。八束水臣津野命が「縫ひ」合わせた土地は、風土記が書かれた「現在」に国土として充足してあり、神話はその起源を語る。国土を「縫ひ」合わせるという発想は日常生活における縫う経験を想起させる。そこには、土地という縫えないはずのものを神の仕業として「縫ふ」と類感する、神話的な把握があったことが理解される。

縫う行為は、複数のものを結合して一体化させる空間的な作用と、完成した状態を保持する時間的な作用をもたらす。それが充分に行われているほど、状態はよく保たれる。先の「楯縫」の呼称は古代の氏族の名としても見られるが、その由来は、ほかでもなく良質な楯を縫うという特質によると考えられる。国引き神話も、国土が満ち足りた状態としてある起源を神の縫う行為として語ることで、その国土の充足とその永続性が保証されていることを意味すると考えられる。『出雲国風土記』の記述は、神の行為による祝福の記憶を感じとる態度を示しているのではないか。

　述べてきたように、「針」の縫う機能と縫う行為の意味の広がりが神話における把握に通じているというあり方は、三輪山伝説で「針」と「紡麻」が用いられ、「鈎穴」の道が示されるという展開についても、そこに縫う行為が聯想されることを推測させる。

5　神の子の所以

　三輪山伝説において、「壮夫」は「見えざる」ものとして闇に紛れ、山と毘売の寝所を行き来する。活玉依毘売はその「壮夫」に対して、「以㆓閇蘇〈此二字以㆑音〉紡麻㆒貫㆑針、刺㆓其衣襴㆒」としている。「刺」は「突きさす」意であるが、それはさした結果としてのその「もの」がそこに表示される状況を示している。[17]「壮夫」に刺された「針」と「紡麻」は、見えない「壮夫」の姿を間接的に示しうる。ただし「紡麻」は「壮夫」が居処に帰りついた翌朝、その居処と活玉依毘売の寝所の間の道のりとその繋がりを示すのに対し、「針」は直接刺されてあることによって、帰りゆく「壮夫」の存在そのものを示しうる。その点で本文に「紡麻」が「貫㆑針」「所㆑著㆑針」として、「針」が強調されていることは注目される。「見えざる」ものの行動を「針」に見ていると考えられるからである。

　そして、「見えざる」ものである三輪山の神に刺された「針」は、先に述べた「丹塗矢」とは異なって神そのものではなく、その存在を顕示する「標《しるし》」として意味をもつ。「刺してある針」が姿の見えない神に従って動くその光景は「針」と「紡麻」が一体となって動いているかのようであるだろう。もちろん、そこには見えない三輪山の神の存在が確信されているはずである。

著けられた「針」と「紡麻」は山へ帰る神の行動と共にある。その「針」と「紡麻」に本来的機能である縫うことが聯想されるのであれば、そのS字型の動きには、三輪山の神の正身、すなわちくねくねとS字型に進む蛇体の動きが類感されたのではないか。

活玉依毘売は「戸之鈎穴」を通る「紡麻」の跡をたどって三輪山に至っている。「壮夫」は「戸」の外から「戸」の内へという過程を経ずに「夜半之時、儵忽到来」として「戸」の内に現われ、活玉依毘売の居る世界に「壮夫」として存在する。「戸之鈎穴」を「紡麻」が通っていることは、「壮夫」の出現方法を限定するとともに、「鈎穴」を通った外の世界が三輪山の神の住む世界であることを示している。「戸」は神の住む世界と人の住む世界との境界であり、「鈎穴」は神の住む世界と人の住む世界を通うための神の道であることを意味していよう。活玉依毘売がその神の足跡をたどって三輪山の「神社」に行き着いたことは、「壮夫」との婚姻関係が神との婚姻関係として再構築されたことを意味すると考えられる。「紡麻」はその関係を視覚的にあらわし、それは縫う行為を聯想させることで確かな繋がりとして納得されただろう。日常的な経験を基層とする縫う意味の広がりは三輪山伝説において神話的な発想として捉えられたのではないだろうか。「紡麻」が「三勾」遺されたことによる地名起源譚が意味する祝福は、神との婚姻こそがその由来であることに基づくものであった。ここに三輪山の大物主神と活玉依毘売の婚姻に始まる意富多々泥古の系譜は信憑性をもち、崇神朝における大物主神の鎮魂・祭祀が可能となったのである。そこに、意富多々泥古が「神の子」である所以がこのように語られる意味があったと考えられる。

神との婚姻による土地への祝福は、三輪山伝説の享受に継承されている。『萬葉集』「額田王下二近江国一時作歌、井戸王即和歌」の反歌第二首には三輪山伝説の享受が説かれる。

綜麻形の林の始《さき》の狭野榛の衣に著くなす目につく我が背　（1・一九）

右一首歌、今案、不レ似二和歌一。但旧本載二于此次一。故以猶載焉

近江京遷都にあたって、三輪山への鎮魂を歌う額田王の歌に和す井戸王の歌は、左注に「今案、不レ似二和歌一」とあることから、『萬葉集』の編纂段階ですでにその内容が理解されなくなっていたことがわかる。しかし、近年では一九歌の「綜麻が紡いだ糸を円く巻いたもの」であり、三勾残ったことが三輪山の地名起源とされることで、前の三輪山を詠む二首と対応し、「衣に著く」とされる「狭野榛」がその音から「針」を聯想させることが広く認められている。「榛」は茶系色の染料として用いられた植物である。それが「衣」に付着するという歌の表現には、「針を神である壮夫の衣に刺した」という三輪山伝説が意識されている。「我が背」が「榛」に染められた衣で道を行く様子と三輪山の神が「針」を刺して山へ帰る様子とが対応し、「我が背」を三輪山の神に重ねる効果を持つ。

そのようにあることで「我が背」は「目につく」存在として視線を受けるという以上に、神性を帯びた、讃美の対象として表現されている。それは、近江遷都後の希望を含みつつ、その先頭に立つ中大兄皇子の姿として相応しい[18]。ただし、「針」は、神に刺された「標」としての意味から「榛」による染めという装飾的な意味へと転換している。そこには「針」と「紡麻」による縫う行為を蛇神に類感した古代的発想は形を潜め、神の祝福の記

憶のみが残っていると言えよう。

以上、崇神記三輪山伝説の「針」の考察を通して、古代における「もの」の機能と質があらわす意味と表現性について検討した。三輪山伝説における「針（もの）」は、「紡麻」を伴うことで聯想される縫う行為に蛇神の姿が類感され、神に刺されてあることでその存在を標示するものとしてある。そこに神と人との交流と関係の継続が示唆されていた。こうした「もの」への了解は語られる伝説の内部に存し、テキストはそれを掬い取って記述していると考えられる。

注

（1）本書第二章第一節―二「『肥前国風土記』弟日姫子譚」

（2）関敬吾『日本昔話集成』第二部の一「一〇一A　蛇聟入・苧環型」角川書店、昭和二八年

（3）柳田国男「玉依姫考」『定本柳田国男集』第九巻、筑摩書房、昭和四四年（初出『妹の力』昭和一五年、創元社）では「巫女」に通じる素質の付与を指摘している。

（4）田窪宏・梅田甲子郎「近畿地方より出土した土器の物理学的化学的諸性質」『考古学と自然科学』二、昭和四四年
高橋誠一「古代手工業の歴史地理学的考察―窯業を中心として―」『史林』五四―五、昭和四六年
中村浩「和泉陶邑窯の成立―初期須恵器生産の外観的考察―」『日本書紀研究』七、昭和四八年

（5）肥後和男「大物主神について」『日本神話研究』河出書房、昭和一三年
吉井巖「崇神王朝の始祖伝承とその変遷」『天皇の系譜と神話』二、塙書房、昭和五一年（初出『萬葉』八六、昭和四九年七月）

（6）　赤土を散らすことについては、1　足跡を辿るためのもの（古事記伝、古事記評釈）、2　服や足に付着させ、後で確認するためのもの（新編日本古典文学全集）、3　1・2の両方の可能性を支持するもの（古事記新講、古事記全釈、詳解古事記新講）、4　悪霊を祓うためのもの（日本古典文学大系、古事記全註釈、古事記全講、古事記〈次田真幸氏〈講談社文庫〉〉、鑑賞日本古典文学、古事記をよむ）、5　相手を呪縛するもの（新潮日本古典集成）、6　何らかの呪力が考えられるとするもの（日本思想大系、完訳日本の古典）といった説がある。なお、『古事記注釈』は3説を否定し、古事記伝を引用するものの確定しない。「壮夫」が去った後の視覚的な補助は「紡麻」によって果たされる。「赤」という色が持つ意味からも呪的な目的をもって散らされたと考えられる。

（7）　『国語国文』二三―九、昭和二九年

（8）　『古典の変容と新生』明治書院、昭和五九年

（9）　『古今著聞集』六九四「摂津国吹き矢の下女昼寝せしに大蛇落ち懸かる事」

（10）　「賀茂系神話と三輪系神話の関係」『古典と上代精神』至文堂、昭和一七年

（11）　高木敏雄「三輪式新婚説話について」『日本神話伝説の研究』二、東洋文庫、平凡社、昭和四九年（初出『郷土研究』一―一、大正二年）

（12）　松村武雄「婚姻儀礼と丹塗矢神話」『日本神話の研究』第四巻、培風館、昭和三三年
西郷信綱『古事記注釈』平凡社、昭和五一年

（13）　柳田国男「玉依姫考」（注3）、倉野憲司『古事記全注釈』三省堂、昭和五三年

（14）　針の材質は弥生時代後期打越遺跡（熊本県下益城郡）に鉄製の出土品がある。金属製が普及する以前は骨角製が主流であった。三内丸山遺跡（青森市）から一三〇点以上の出土をみる。形状は針先から耳（糸を通す部分）に至るまで現代のものと大差なく、大きさは五糎以下から十糎程度のものまで様々である。正倉院御物に銀・銅・鉄製の大針（三四・九糎）各一本、銀・鉄製の小針（一九・五糎）各二本が残る。

（15）　「針売りのこと」『南方熊楠全集』三、平凡社、昭和四六年（初出『郷土研究』四―六、大正五年九月）

（16）　古代の楯の製作方法を窺わせる例のひとつとして、青谷上寺地遺跡（弥生中期、鳥取県）から出土した儀礼用と思われる楯が挙げられる。これには縦長の板同士を繋ぎ合わせる工程で楯の形成・補強のために紐状のもので綴じたと考えられる孔が残る。孔はほぼ等間隔に開けられて一線をなしており、板を縫い合わせたものと見られる。楯は、長さ七七・一糎、幅四一・六糎、厚さ〇・七糎で、楯の表面を蛇行する形で開けられた綴じ孔それぞれの横間隔は一・五～二・〇糎、縦間隔は七・〇糎。（鳥取県埋蔵文化財センター編『鳥取県教育文化財団調査報告書七四　青谷上寺地遺跡四　本文編二』、鳥取県教育文化財団、平成一四年）

（17）「さす」については、平舘英子氏『萬葉歌の主題と意匠』（塙書房、平成一〇年）三章第一節「触れられる自然」（初出「『うず』考」『東京成徳短大紀要』二五、平成四年、「『かざし（す）』と歌うこと」『萬葉』一四三、平成四年）を参照。

（18）　身﨑壽「三輪山のうた―長歌と反歌と和歌と―」『日本上代文学論集』塙書房、平成二年

二　『肥前国風土記』弟日姫子譚

1　弟日姫子譚の形成

『肥前国風土記』松浦郡の条は、松浦郡篠原村に住む弟日姫子と新羅遠征の途中に篠原村に立ち寄った大伴狭手彦との悲恋譚を載せる。その内容は次に示すように新羅へ出征する大伴狭手彦と弟日姫子との別離譚（A）とその後日譚（B）とからなる。両者の関係性を解くことを通して、弟日姫子譚の内容について検討したい。

A(1)　鏡渡《かがみのわたり》〈在二郡北一〉昔者、檜隈廬入野宮御宇武少広国押楯天皇之世、遣二大伴狭手彦連一、鎮二任那之国一、兼救二百済之国一。奉レ命到来、至二於此村一。即娉二篠原村〈篠、謂二志弩一〉弟日姫子一成レ婚〈日下部君等祖也〉。容貌美麗、特絶二人間一。分別之日、取レ鏡与レ婦。々含二悲啼一、渡二栗川一、所レ与之鏡、緒絶沈レ川。因名二鏡渡一。

(2)　褶振峰《ひれふりのみね》〈在二郡東一、烽家名曰二褶振烽一〉大伴狭手彦連、発船渡二任那一之時、弟日姫子、登レ此、用レ褶振招。因名二褶振峰一。

B　然、弟日姫子、与二狭手彦連一相分、経二五日一之後、有レ人、毎レ夜来、与レ婦共寝、至レ暁早帰。容止形貌似二狭手彦一。婦抱二其怪一、不レ得二忍黙一、窃用二続麻一繋二其人襴一、随レ麻尋往、到二此峰頭之沼辺一、有二寝蛇一、身人而沈二沼底一、頭蛇而臥二沼脣一。忽化二為人一即語云、

篠原の　弟比売の子そ　さ一夜《ひとゆ》も　率《ゐ》寝てむ時《した》や　家に下さむ也

于レ時、弟日姫子之従女、走告二親族一、々々発レ衆、昇而看之、蛇幷弟日姫子、並亡不レ存。於レ茲、見二其沼底一、但有二人屍一。各謂二弟日姫子之骨一。即就二此峰南一、造レ墓治置。其墓見在。

（『肥前国風土記』松浦郡）

一連の譚は、A⑴「鏡渡」の地名起源、A⑵「褶振峰」の地名起源、B褶振峰の南に在る墓の起源、という三つの起源譚で構成される。

褶振峰は、現在の東唐津市鏡山に比定される。鏡山の北部には、現在、海岸が広がっているが、五世紀から六世紀頃には山の麓まで海が迫っていた。周辺の平地には集落の遺跡が、小高い場所には多くの古墳が残っており、安定した生活の営まれたことが推察される。弟日姫子の居住地とされる篠原村は、そうした峰の麓の集落のひとつであったと考えられ(1)、譚はそこで伝えられた伝承を基としている。

Aは、弟日姫子と狭手彦との別離を伝える悲恋譚で、その内容は二つの地名起源譚に分けられる。A⑴は、地名「鏡渡」の起源譚である。宣化天皇の時代、大伴狭手彦が任那・百済への途中で松浦郡の篠原村に至り、その土地の美しい女弟日姫子と婚姻した。狭手彦は弟日姫子と別れる日に「鏡」を与えるが、弟日姫子が栗川を渡る時にその緒が絶え、「鏡」は川に沈んでしまったという。A⑵は、狭手彦の乗る船を弟日姫子が褶を振って見送った峰が「褶振峰」と名付けられたという地名起源譚である。

Bは、別離の五日後のこととして語られる。毎夜通い来るようになった男が狭手彦に似ていることを怪しく思った弟日姫子は窃かに男の衣の襴に「績麻」を繋《か》けた。翌朝、それを辿ったところ、褶振峰の頂の沼に至る。その脣《みぎは》には「身人・頭蛇」の異形の者が臥して居り、姫子の前で人と化す。驚いた従女が姫子の親族に告げ、親族は衆人を連れて沼に登るが、蛇も弟日姫子も亡せて、沼底に「人の屍」を見つけただけだった。その「骨」

を弟日姫子のものとして峰の南に墓を造り置いたという譚である。崇神記の三輪山伝説と同じく、後世に苧環型とされる展開を持ち、全体は、褶振峰の南に築かれたという墓の起源譚となっている。

宣化・欽明朝に大陸との交渉において活躍した大伴狭手彦と松浦の美しい女性との恋愛と「褶」振りによる悲別譚は、『萬葉集』にも次のように見られる。

大伴佐提比古郎子、特被二朝命一、奉二使藩国一。艤棹言帰、稍赴二蒼波一。妾也松浦〈佐用嬪面〉、嗟二此別易一、歎二彼会難一、即登二高山之嶺一、遥望二離去之船一、悵然断レ肝、黯然銷レ魂。遂脱二領巾一麾レ之、傍者莫レ不レ流レ涕。因号二此山一、曰二領巾麾之嶺一也…　（5・八七一、漢文序）

この悲別譚は『筑紫風土記』逸文（『萬葉集註釈』巻第四、五・八七〇の注）にも、篠原村の娘子乙等比売の話として同様に見え、「離別之日、乙等比売、登二望此岑一、挙レ帔揺招。因以為レ名」とされる。吉井巖氏は、Bの話が「三輪山式の古朴な伝承」として在地にあり、それとは別の立場から、漢文序（A⑵）の話が生れてきたとされる。そして、「領巾振りの物語」は、大伴旅人が大宰帥として赴任していた天平二年に創作されたものであると推定され、漢文序の作者を山上憶良であろうとされた[2]。

「褶振り」の別れの話が天平二年の創作とすれば、『肥前国風土記』では、それを取り込み（A⑵）、A⑴・Bの話と繋ぎ合わせて、一連の譚としたことになる。『肥前国風土記』の内容は、A⑵で弟日姫子が褶を振った峰が、Bの舞台とされること、弟日姫子のもとに通う男が「狭手彦似」とされていることから、A別離譚とB後日譚とが関係し合うことを考えさせる。

ABの一連の譚は、時間的に連続した展開であるだけでなく、BはAを背景として空間を共有する後日譚を展開させていると理解される。とすれば、一連の譚は、それぞれに起源譚として成立してはいるけれども、最終的には、墓の由来を語ることに集約されると見られるであろう。おそらく、一連の譚が形成される以前には、それぞれの話が次のような形で存したことが想定される。

・褶振峰の地名が在地にあり、その起源譚が中央官人によって創作されていた。
・褶振峰と篠原村との間の栗川に鏡渡という地名があった。
・松浦郡には、褶振峰の沼で死んだ篠原村の弟日姫子の墓が歌謡を伴って、峰の南に存在した。
・褶振峰の沼には、不気味な蛇が棲んでいたという伝承が存在した。

吉井氏がBの話を「三輪山式の古朴な伝承」とされるように、弟日姫子の墓の話と沼の蛇の話とは、『肥前国風土記』成立以前にまとまった話として伝えられていたかもしれない。ただし、そうであっても、Bに出てくる「身人・蛇頭」の異形の者には神の要素を窺えず、「三輪山式」を模していると見られる。いずれかの段階でそれを持ち込み、墓の起源譚に仕立てたと推測される。

『肥前国風土記』の述作者は、点在するこれらの話をまとめて、弟日姫子の墓の由来を述作したと考えられる。一連の譚は、Aの内容がBの内容に繋がることにより、全体に不気味さを呈する叙述となっている。それを述作した方法とはどのようなものであるのか、考えたい。

2　弟日姫子

篠原村の弟日姫子は、A(1)の割書に「日下部君等祖也」とある。日下部君は、『豊後国風土記』に、

昔者、磯城嶋宮御宇天国排開庭天皇（欽明）之世、日下部君等祖、邑阿自、仕㆓奉靫部㆒。（日田郡、靫編郷）

と見え、靫部として仕えた一族で、国造級の在地豪族であったとされる[3]。松浦郡篠原村と、賀周郡にも、

昔者、此里有㆓土蜘蛛㆒、名曰㆓海松橿媛㆒。纏向日代宮御宇天皇（景行）、巡㆑国之時、遣㆓陪従大屋田子㆒〈日下部君等祖也〉誅滅。（『肥前国風土記』松浦郡、賀周里）

と見える日下部君も、豊後の日下部に連なる一族である。その靫負を中央で統括していたのが大伴氏である。そのため、「篠原村の日下部君は、六世紀中葉頃、靫部として都に上番し、大伴連金村の管轄下にあった可能性」があるとされている[4]。

弟日姫子は、豪族日下部君の存在を背後に持つ女性として現われる。地方の有力氏族の息女が、その地を訪れた中央官人と関係を結ぶのは、一族の意志であったはずである。しかも、弟日姫子の相手は、日下部氏から出された靫負を統括する大伴氏の将軍であった。Bの後日譚では、弟日姫子の「従女」や「親族」の存在が示され、弟日姫子が一族の庇護下にあることを思わせる。

Aは、中央官人と地方の美しい娘との悲しい別れの話である。A(1)における「分別之日」は「発船」の日であろうから、弟日姫子は、狭手彦から与えられた「鏡」を峰に向かう途中で落とし、その悲しみをも抱えながら、「褶振り」を行ったと解される。A(2)の「褶振り」は、吉井氏の指摘されるように、『萬葉集』の次の歌が想起される。

（天平二年）冬十二月大宰帥大伴卿上京時娘子作歌二首

凡ならばかもかもせむを恐みと振りたき袖を忍びてあるかも　（6・九六五）

大和道は雲隠りたり然れども余が振る袖をなめしと思ふな　（同・九六六）

右大宰帥大伴卿、兼二任大納言一向レ京上レ道。此日馬駐二水城一、顧二望府家一。于レ時、送レ卿府吏之中有二遊行女婦一、其字曰二兒嶋一也。於レ是、娘子傷二此易レ別、嘆二彼難レ会。拭レ涕自吟二振レ袖之歌一

兒嶋は見送りの人々の中に居て「振りたき袖」を振れないことを嘆くが、弟日姫子は「振りたき褶」を振るために、特別に見晴らしの良い峰に登ったのである。こうした話は、「人をかえて繰り返される都の貴族と地方の女との別れの日常的な体験[5]」として人々に受け入れられた。弟日姫子はAにおいて悲恋のヒロインとしての側面を持つ。しかし、一連の譚は、墓の起源を伝えるB後日譚を持つことで、弟日姫子の悲恋のヒロインとは異なる側面を顕わにする。墓の起源を特定の女性の死に関わるものとして伝承することは、古代の伝説の主題のひとつとなっている。

有レ年、別嬢薨二於此宮一。即、作二墓於日岡一而葬之。挙二其尸一度二印南川一之時、大飄自二川下一来、纏二入其尸一於二川中一。求レ南不レ得。但、得二匣与褶一、即、以二此二物一、葬二於其墓一。故、号二褶墓一。於レ是、天皇悲レ恋、誓云、「不レ食二此川之物一」。由レ此、其川年魚、不レ進二御贄一。　（『播磨国風土記』賀古郡、比礼墓）

褶墓の起源譚は、景行天皇による印南別嬢への妻問いの場面から結婚が成立するまでと、その後別嬢が亡くなり、墓が作られる場面とで構成される。天皇が土地の美しい女性と結ばれる話は、その土地の天皇への服属を示すと考えられる。このような王の求婚は、神話における神々の求婚に繋がり、相手の嬢子は神の嫁としての性質を帯びる。崇神紀箸墓伝説は、そうした神の嫁の死を伝える。

爰倭迹迹姫命、心裏密異之、待レ明以見二櫛笥一、遂有二美麗小蛇一。其長大如二衣紐一。則驚之叫啼。時大神有レ恥

忽化二人形一、謂二其妻一曰、「汝不レ忍令レ羞レ吾。吾還令レ羞レ汝」。仍践二大虚一登二于御諸山一。爰倭迹迹姫命仰見而悔之急居〈急居、此云二菟岐于一〉。則箸撞レ陰而薨。乃葬二於大市一。故時人号二其墓一謂二箸墓一也。是墓者日也人作、夜也神作。　（崇神紀十年九月）

倭迹迹日百襲姫は、神を依り憑かせる巫女である。崇神紀七年二月十五日条では、国に疫病が流行した理由を天皇が占ったときに、大物主神が神懸りした話が見える。倭迹迹日百襲姫は巫女として神の嫁の資格を持つ。神の正体が明かされたことにより、神は山に去り、神の嫁は亡くなる。それは、一種の供犠であり、姫が永遠に神に捧げられたことを意味しよう。人々は、その記憶を墓に見ている。

Bで墓に葬られる弟日姫子には、神に捧げられる巫女の性質が窺われるのではないか。[6] Bは崇神記三輪山伝説と同じ展開を持つことにより、夜ごとに通い来る狭手彦似の男が、正体を隠しつつ通う神の姿と重ね合わされている。その正体は神ではなく、異形の蛇であるとされるが、神を思わせる叙述方法であるのは確かであろう。弟日姫子はその異形の蛇に見出されることによって死んでいる。これが一般人の死でないことは、男の正体の異常性と、語り伝えられる墓が存在していることから考えられる。ただし、Aの記述からは弟日姫子がそうした性質を有する女性であるとはただちに読み取り難く、Bにおいても、巫女性は明確に示されてはいないように見える。しかし、墓の被葬者である弟日姫子に対して、巫女としての性質を見ようとする態度がなければ、Bが三輪山式の展開を取り入れることは、意味をなさないのではないか。そして、弟日姫子が巫女としての性質を有しているとすれば、Aにおいて弟日姫子が、狭手彦の「鏡」を落としたり、「褶振り」をする行為が伝える意味は、悲しい別れを語りだすこととは、異なる側面を持つと考えられる。

3　大伴狭手彦との別れ(1)―「鏡」の意味―

では、A鏡渡や褶振峰の譚は、どのようにBと関わってくるだろうか。そのことを検討するために、A別離譚及び一連の譚における「鏡」と「褶」の意味を見て行きたい。

「鏡」は自らの姿を映すための道具として認識されるが、古代における「鏡」の用途は一通りではなく、祭祀で掛鏡を神拝するなどの宗教的な場での利用や、奉納品や副葬品として埋納されるなど、呪具であることが知られている。「鏡」は表面にものの姿を映し出すその機能や、光を反射させるといった特質に神秘性を観じたことから、呪具として利用されたものと考えられる。(7)

神代記天孫降臨の場面では、天照大神が天の石屋から出る時にその姿を映した「鏡」を邇々芸命に与えている。

於レ是、副二賜其遠岐斯〈此三字以レ音〉八尺勾璁・鏡及草那芸剣、亦、常世思金神、手力男神、天石門別神一而詔者、「此之鏡者、専為二我御魂一而、如レ拝二吾前一、伊都岐奉、次、思金神者、取二持前事一為レ政」。此二柱神者、拝二祭佐久々斯侶伊須受能宮一〈自レ佐至レ能以レ音〉。

（神代記、天孫降臨）

邇々芸命に対して天照大神は「鏡」を「我御魂」として自身に仕えるように祭り仕えよと告げる。「鏡」が「御魂」となり得るのは、そこに以前、天照大神を映したからである。「鏡」には、その姿を映した者の魂を移し取る呪具としての力が把握されていたと考えられる。

真十鏡見ませ吾が背子吾が形見持てらむ辰《とき》に相はざらめやも

（『萬葉集』巻十二・二九七八、寄物陳思）

離れている夫に向かって「吾が形見」の「鏡」を見ることを勧め、「相わないということがあるでしょうか」と慰めている。ここには、「形見」の「鏡」に自分の姿が映り、夫と「相ふ」ことが可能であるという期待が窺える。[8]「形見」としての「鏡」には、天照大神の姿を映すことでその「御魂」をうつしとった「鏡」の呪性と類似の要素が観取される。「鏡」には以前映し出した者の姿が映り出るという発想があったのではないか。相手の魂をも映しとるものという「鏡」への信憑が「形見」であることを意味づけていると考えられる。狭手彦が弟日姫子との別れに贈った「鏡」は、そのような「形見」であっただろう。

弟日姫子はその大切な「鏡」をそこに付けられた「緒」が絶えたことで「栗川」に沈めてしまう。「鏡」の緒が絶えるという表現は上代文献では他に例が見当たらないが、『萬葉集』には衣の紐や緒が絶えると詠むことで恋人との関係の断絶を暗示させる歌が見える。

白細布の我が紐の緒の絶えぬ間に恋結び為む相はむ日までに　（12・二八五四、人麻呂歌集）

「紐の緒」が絶えない前に「恋結び」の呪いをしようと詠むことには、「紐の緒」が絶えることに男女の仲が絶えることが掛けられている。

河内女の手染めの糸を絡《く》り返し片糸に有れど絶えむと念へや　（7・一三一六、寄絲）

右の例は「糸」を糸車に絡る作業が続くように、細い片糸のようであっても自分の恋の思いが「絶え」ることがないとその恋への執着心を詠んでいる。ほかに「玉の緒」は動詞「絶ゆ」の枕詞として見え（3・四八一　高橋朝臣、11・二三六六　古歌集、二七八七～二七八九、二八二六、12・三〇八三）、いずれも男女関係を暗示している。

狭手彦の「鏡」の「緒」が「絶ゆ」とは、狭手彦と弟日姫子の関係が「絶ゆ」であることを暗示させる表現ではないのか。形見の「鏡」を沈めてしまうことにより、弟日姫子自身はもはや「鏡」を通して狭手彦に「相ふ」ことはかなわないのである。

4　大伴狭手彦との別れ(2)―「褶振り」の意味―

さらに、弟日姫子は峰で「褶《ひれ》」を振って狭手彦を見送る。「褶」は、女性が頸から肩にかけて垂らす装身具であるが、これを振って呪具として利用する話が『古事記』に見える。

於レ是、其妻須勢理毘売命、以二蛇比礼一〈二字以レ音〉。授二其夫一云、「其蛇将レ咋、以二此比礼一三挙打撥」。故、如レ教者、蛇、自静。故、平寝出之。亦、来日夜者、入二呉公与蜂室一、亦、授二呉公蜂之比礼一、教如レ先。故、平出之。　（神代記）

「蛇比礼」「呉公蜂之比礼」を振って蛇・呉公・蜂を退散させていることから、「ひれ」を振ることには、鎮魂の呪的作用があると考えられていたことを示している。一方で『旧事記』では、「死人」を生き返らせる呪具のひとつにかぞえられている。

天神御祖教詔曰、「若有二傷処一、令二茲十宝（瀛都鏡・辺都鏡・八握剣・生玉・足玉・死反玉・道反玉・蛇比礼・蜂比礼・品物比礼）一謂二一二三四五六七八九十一而布瑠部、由良由良止布瑠部、如レ此為レ此者、死人反生矣」。是則所レ謂布瑠之言本矣。　（天神本紀）

右の二例は「比礼」を振ることに魂を操る呪的な意味があることを示し、それは鎮魂あるいは魂呼《たまよば》いという両面性をもつことを考えさせる。応神記には天之日矛が新羅からもたらした物の中に「振レ浪比礼、振レ風比礼、切レ風比礼」が見え、その「比礼」は伊豆志之大神として神格化されている。浪や風を操る「比礼」であろう。

「褶」は、振られたり揺り動かされたりすることで生物の魂や自然現象を操作した。

『萬葉集』に見られる「褶振り」は、別れの行為としてある。

視渡せば近き里廻をたもとほり今ぞ吾が来る礼巾《ひれ》振りし野に　（7・一二四三）

旅立ちの時に家人が「礼巾」を振った野に帰ってきた、というこの歌からは「褶振り」が別れのとき旅立つ相手に向かって行われたことが知られる。別れて行く相手に自らの思いを伝えようとする行為は、「袖振り」としても見える。

汝が恋ふる妹の命は飽き足らに袖振る見えつ雲隠るまで　（10・二〇〇九、「七夕」人麻呂歌集）

「ひれ」を振る行為は古くは鎮魂あるいは魂呼いという呪術的な要素をもった。それは、別れの場においては儀礼化し、その後「ひれ」だけでなく「袖」がその位置を占めるようになったと推測される。

船発ちする狭手彦に向けられた弟日姫子の「褶振り」は、別れの行為であっただろう。が、そこに「振招」くとあることに注目したい。弟日姫子の「褶」を「振招」く行為は、狭手彦に対して別れ難い思いを伝えると同時に、戻って来ることを願う意味が込められていただろう。出航後再び弟日姫子のもとへは戻らない相手であることを充分承知しながら、それでも狭手彦を「振招」かずにはいられない別れの行為であった。この「褶振り」を行うために弟日姫子は峰に向かい、その途中の栗川で「鏡」を落としたということであろう。

5　後日譚への展開

それでは、以上のような「鏡」や「褶」の意味は、Bとの関連においてどのように捉えられるであろうか。Bにおいて褶振峰は「身人・頭蛇」の異形の者が棲む場所として語られる。それが意味するのは、宣化朝のころの褶振峰が、異形の者が棲む異界と考えられたということである。譚に記された弟日姫子の足取りからすれば、篠原村は峰の麓にあり、栗川はそうした集落から峰に登る途中に流れていたと理解される。栗川は、集落と峰との境界であっただろう。

異形の蛇が、狭手彦が船発ちした五日後に、狭手彦の姿となって弟日姫子の許を訪れたとされる話の展開は、弟日姫子の「分別之日」における行動が、異形の蛇に対して何らかの影響を及ぼしていることを暗に示していよう。異形の蛇が、村に下りて弟日姫子の許を訪れたのは、弟日姫子が峰に登ったからであり、また、その地で「褶振り」を行ったからだと考えられる。「褶振り」は、それを呪術として行えば、鎮魂や魂振りの行為となる。そのことを弟日姫子が自覚的に行ったとはされないが、別れの「褶振り」は、峰の上で行ったことにより、魂振りの意味を持ってしまったと解される。弟日姫子は異形の蛇を招いてしまったのだ。

そして、異形の蛇が狭手彦似の男として現われたのは、村に行くために通った境界に、狭手彦の「鏡」が沈んでいたからであろう。「褶振り」が呪的な作用を持つのであれば、「鏡」にも同様に、呪的な質のはたらきが見られたであろう。「鏡」には、狭手彦の魂が込められていたと考えられる。異形の蛇は、峰の主として境界に落とされた「鏡」を見たのか、その上を通ったために影響を受けたのか、いずれにしても、「鏡」の影響で狭手彦の姿を真似ることができたのである。

A・Bは、峰の南に存在する墓の起源譚として、一連の内容を持つ。そしてA⑴⑵は、弟日姫子の悲恋譚として、まずは認められる。それは、大伴旅人らによって作り出された褶振峰の起源譚を原形に持っていたかもしれない。しかしA⑵は、Bを持つことにより、そうしたロマンスではない、「褶振り」の意味が求められる。同時にA⑴は、Bの理由となるためにA⑵に組み入れられ、「鏡」にもまた、「形見」の呪術的な要素が求められたのだと考えられる。

6　神婚譚と弟日姫子譚

Bの後日譚は弟日姫子と褶振峰の「身人・頭蛇」の異形の者との話である。狭手彦が出航した五日後から夜毎訪れる狭手彦似の男を怪しく思った弟日姫子は、「続麻」をその人の襴に繋《か》ける。翌朝、「続麻」をたどって行き着いた先は、「褶振り」をした峰にある沼のほとりであり、探し当てた男の正体は、峰に棲む「身人・頭蛇」の異形の者であった。異形の蛇が沼の脣に見出されて後、弟日姫子がどうなってしまったのか、沼に沈む尸をそれと推測するほかはない。「従女」が「親族」を呼びに戻ったとされることにより、第三者の目がなくなってしまったからである。尸は、弟日姫子として墓に葬られる。

Bは、明らかに、三輪山の神の伝承の展開を踏まえている。三輪山の神は、その身を人に変えて、夜ごとに土地の女性の許に通う神で、女性がどのようにその正体を知るかは、その方法が語られる伝承ごとに異なる。弟日姫子譚では、弟日姫子が、男の正体を知る方法は崇神記三輪山伝説に類似し、正体を見ることによって死に、墓に葬られるという展開は崇神紀箸墓伝説に類似する。しかし、三輪山の神の伝承と弟日姫子譚との決定的な相違は、神と人との交渉の話ではない点にある。通い来る男は、明らかに怪しい姿で現れ、弟日姫子はその姿を不審として糸を仕掛ける。そこに神々しさは無く、従って、禁忌ということも存在しない。そうしたずれは、次のようなことにも認められる。

峰の沼のほとりで寝ていた「身人・頭蛇」の異形の者は糸をたどって訪れた弟日姫子の姿を認めると、忽ちに人と化して弟日姫子への執着を次の歌のようにあらわしたとされる。歌の部分のみ再掲する。

篠原の　弟姫の子そ　さ一夜《ひとゆ》も　率寝てむ時《しだ》や　家に下さむ也

右の歌は、異形の蛇が沼に行き着いた弟日姫子に対して「一夜でも共に寝た上で家に帰らせようぞ(9)」のように「下さむ」の「む」を異形の蛇の意志とするか、「一夜でも共寝をしようと思ったときは、わが家（沼の中）へ下し沈めることになろうか(10)」と「家」を異形の者の居処と解して次に起こる事態を推測する歌とするか、解釈が分かれてきたが、木下正俊氏の「『ヤ…ム』を含む一人称主格の疑問文」は「腑甲斐ない自分の『現在』のあり方をじれったく思いつつそれをどうすることもできない(11)」という内容の文型であるとする論を受けて佐佐木隆氏はこの歌が「『一夜寝たら、もうその時には帰さなくてはならないのか』という不本意な心情を表明したもの」とする(12)。異形の者は弟日姫子に対して強い執着を示していると考えられる。

一般に婚姻生活は日常としてあって、一夜という限定を持たない。婚姻生活に一夜の限定を持つ例は一夜限りの共寝によって神の子を妊娠する一宿婚、すなわち神婚の型を想起させる。一宿婚には天孫邇々芸能命が木花之佐久夜毘売と「一宿、為レ婚」（神代記）として火照命ら三神を生む話や、『常陸国風土記』那珂郡茨城里の晡時臥山伝説で努賀毘咩が「一夕懐妊」した話があり、神が妻を覓める神婚の一形式と考えられる。

弟日姫子譚の歌は、異形の者と弟日姫子の関係が一宿婚という神婚の型に通じることを考えさせるが、異形の者みずから「さ一夜も…」と歌って弟日姫子への執着を露わにしていることは、型の崩れていることを窺わせる(13)。

細紋形　錦の紐を　解き放けて　数多《あまた》は寝ずに　ただ一夜のみ　（允恭紀歌謡六六）

右は允恭天皇が衣通郎姫に詠んだ歌とされる。衣通郎姫の姉である皇后をはばかって、天皇は衣通郎姫を近江の坂田に住まわせ、秘かに通って行く。「一夜のみ」は「密かな」逢瀬故に、「数多」を望みながら果たせない事情の為に、その一夜の共寝をいとおしむ心情である。

　玉葛絶えぬものからさ宿らくは年の度りにただ一夜のみ　　（『萬葉集』巻十・二〇七八、「七夕」）

彦星と織姫星も「一夜のみ」という限りある逢瀬を惜しんでいる。いずれも「一夜」だけである事を恨む心情は、そうせざるを得ない事情を抱えているためであって、神婚とは異なる意味をもつ。一宿婚は、神との婚姻という非日常性が、結果的に一夜という特殊な事態を招くのである。非日常という点では衣通郎姫や織姫星の婚姻も共通性を持つが、神婚の型においては少ない逢瀬を恨むといった感情が介入した例は見られない。

　今、異形の者との対面において、異形の者が憤りを見せることは、形としては一宿婚のようではあっても、決して神婚ではないことを表面化させている。歌では「家に下」すと表明しながら、弟日姫子を殺してしまっていることは、それが神ならぬ異形の蛇であることを示していよう。

　弟日姫子譚は、神婚の型に倣いながら、その内容は異類婚譚となっている。では何故、弟日姫子譚は、そのような方法で記されたのか。

　異形の蛇は、褶振峰の主として沼に棲み、人々はそれを忌避した。忌避される蛇は、他の伝承にも見られ、たとえば、ヤマタノヲロチや『常陸国風土記』の夜刀神がある。それらは、神の零落した姿として、退治される。褶振峰の異形の蛇には、暴れて害をなすような荒ぶる側面は見られないが、弟日姫子を沼に引き込み殺すような不気味な存在として忌避されたと考えられる。それは、神の零落した姿の残滓とでも言うべき姿である。

　異形の蛇は、忌避される存在であるが、退治の対象とはなっていない。弟日姫子の「従女」が「親族」を連れて沼に戻った時、異形の蛇と弟日姫子の姿は消え、尸が沈んでいただけであったとされる。弟日姫子の墓は、異形の蛇が思いを遂げて消えたことと交代するようにしてある。そして、墓の被葬者は、巫女としての記憶を深奥に持つと考えられる。弟日姫子は、「褶振り」によって異形の者を招き寄せる女性である。それが偶然であり、招かれた者が歓迎されない存在であることは、弟日姫子が神の嫁としての巫女性を記憶としてのみしか持たないことを示していよう。巫女としては半端なそのあり方は、異形の蛇が荒ぶる神としても半端な存在であることと対応する。

　異形の蛇は、弟日姫子の死と同時に姿を消している。それは、たとえ一時的にせよ、異形の蛇が満足し、出て来なくなったことを意味するのではないか。

　褶振山は、見晴らしが良く、海からも見つけやすい台形の山である。Bの書き出しに「褶振峰〈在二郡東一烽家名曰二褶振烽一〉」と見えるように、そのような立地を人びとは当然、活用していた。ただし、異形の蛇が棲む峰は、村の人々にとって栗川の向こうにある異界であった。弟日姫子の死は、異形の蛇を一端は鎮めている。墓はそのことをあらわすと同時に、異形の蛇の確かに棲むことをあらわすものでもある。峰の異界性、異形の蛇に対する人々のおそれは、「現在」も墓と共に存している。

　『肥前国風土記』は、墓の起源を述作しようとしたときに、褶振峰に伝承される不気味な沼の蛇を、零落した神の残滓に謂わば引き上げることで、墓の被葬者と対応させた。そのために、三輪山の神の伝承の展開を利用し、創作された褶振峰の起源譚を取り込み、鏡渡の起源譚を創作したと考えられる。

注

（1）唐津湾周辺遺跡調査委員会編『末羅国 佐賀県唐津市・東松浦郡の考古学的調査研究』六興出版、昭和五七年
（2）吉井巖「サヨヒメ誕生」『天皇の系譜と神話』二、塙書房、昭和五一年
（3）井上光貞『日本古代史の諸問題 大化前代の国家と社会』思索社、昭和二四年
（4）前掲注（2）
（5）前掲注（2）
（6）吉井巖氏は、「沈む女㈡—佐用比賣傳説をめぐって—」（『萬葉』四二、昭和三七年一月）において、弟日姫子が「水神に奉仕する神女」の一人であることを論じられる。
（7）和田萃『日本古代の儀礼と祭祀・信仰』中、第四章「道教的信仰と神仙思想」塙書房、平成七年
（8）大谷雅夫「形見の鏡」『詩と歌のあいだ』Ⅰ—八、岩波書店、平成二〇年（初出は、『説話論集』一四、清文堂、平成一六年）
（9）秋本吉郎校注 日本古典文学大系『風土記』昭和三三年
（10）西宮一民・岡田精司 鑑賞日本古典文学『日本書紀・風土記』角川書店、昭和五二年
（11）「『斯くや嘆かむ』という語法」『万葉集研究』第七集、塙書房、昭和五三年
（12）「『さ一夜も率寝てむしだや家に下さむ』」『萬葉語と上代語』第二章付章三、ひつじ書房、平成一一年
（13）谷口雅博氏は、「『肥前国風土記』弟日姫子説話考—異類婚姻譚と歌」（『國學院雑誌』一一五—一〇、平成二六年一〇月）において、弟日姫子譚を神婚譚として解される。

第二節　鉤考

『肥前国風土記』神功皇后の年魚釣り譚

1　年魚釣り譚

『肥前国風土記』松浦郡条の冒頭には、四月の玉島川における釣りの行事の起源と地名「まつら」の起源を内容とする、神功皇后の年魚釣り譚が見える。類似の話は、仲哀記及び神功皇后摂政前紀（仲哀紀九年）三月四日条にも見え、史書と地誌の三書に残された伝承として注目される。ただし、『肥前国風土記』の年魚釣り譚と重なる展開を有しているのは『日本書紀』の年魚釣り譚で、『古事記』のそれは、少し異なる展開を見せている。

そこで、『肥前国風土記』と『日本書紀』の年魚釣り譚について、まず取り上げてみたい。両書の年魚釣り譚について従来の研究では、当該『肥前国風土記』が属する甲類九州風土記と『日本書紀』との成立の前後関係をめぐる議論が行なわれ、『肥前国風土記』が『日本書紀』を参照しつつ成立していること、『日本書紀』に比して四字句を基調として文章を整えようとする意図が見られることなどが明らかにされてきている。[1]ただし一方で両書の年魚釣り譚には、表現の細部に相違が見られ、『肥前国風土記』が独自の意図を有していることを推測させるにも拘わらず、その相違が、それぞれの内容と具体的にどのように関わるのかといった視点は、これまでほとんど持たれてこなかった。

小稿では、『肥前国風土記』と『日本書紀』の年魚釣り譚について、それぞれの表現の相違に注目し、その比較を通して、『肥前国風土記』が当該の年魚釣り譚をどのような伝承として記載しているのかを検討したい。その上で、『古事記』の年魚釣り譚にも触れることとしたい。

以下に『肥前国風土記』と『日本書紀』の年魚釣り譚を挙げる。なお、二書の内容が対応する個所をアルファベットによって示した。

〔『肥前国風土記』松浦郡〕

［A］昔者、気長足姫尊、欲三征二伐新羅一、行二於此郡一、而進二食於玉嶋小河之側一。［B］於レ茲、皇后、勾レ針為レ鉤、飯粒為レ餌、裳絲為レ緡、［C］登二河中之石一、捧レ鉤祝曰、「朕欲三征二伐新羅一、求二彼財宝一。其事成レ功凱旋者、細鱗之魚、呑二朕鉤緡一」、既而投レ鉤片時、果得二其魚一。［D］皇后曰、「甚希見物〈希見、謂二梅豆羅志一〉」。因曰二希見国一。今訛謂二松浦郡一。［E］所以、此国婦女、孟夏四月、常以レ針釣二之年魚一。男夫雖レ釣、不レ能レ獲之。

〔神功皇后摂政前紀（仲哀紀九年）四月三日条〕

［A］夏四月壬寅朔甲辰、北到二火前国松浦県一、而進二食於玉嶋里小河之側一。［B］於レ是、皇后勾レ針為レ鉤、取レ粒為レ餌、抽二取裳縷一為レ緡、［C］登二河中石上一、而投レ鉤祈之曰、「朕西欲レ求二財国一。若有レ成レ事者、河魚飲レ鉤」、因以挙レ竿、乃獲二細鱗魚一。［D］時皇后曰、「希見レ物也〈希見、此云二梅豆邏志一〉」。故時人号二其

処一曰二梅豆羅国一。今謂二松浦一訛也。［E］是以、其国女人毎レ当二四月上旬一、以レ鉤投二河中一、捕二年魚一、於レ今不レ絶。唯男夫雖レ釣、以不レ能レ獲レ魚。

以下、『肥前国風土記』にそって、［A］から［E］までのその内容を確認しておく。

［A］気長足姫尊（神功皇后）は、新羅遠征の途次、玉島小河（以下、玉島川）の辺で「進食」をする。

［B］釣りに使う道具を製作する。

［C］河（以下、表記を川に統一）中の岩場に立って占いの呪言を述べ、川に鉤を投げ入れたところ、年魚が釣れ、占いの結果は成功を示した。

［D］皇后は感嘆して「めづらし」と述べ、それが松浦の地名起源となった。

［E］当地では、皇后の釣りの成功を受けて、女性たちが四月に年魚を釣る行事が行われている。

二書の年魚釣り譚の構成要素は、時（新羅遠征の途次の四月）・場所（玉島小川の辺）・人物（神功皇后・女）[2]・釣りの方法（道具とその扱い）において共通するが、細部においては以下のような相違を見せる。

①［C］において、「鉤」を川に投じる神功皇后の動作に関する記述が、『肥前国風土記』では「捧レ鉤祝曰」、『日本書紀』では「投レ鉤祈之曰」となっている。

②［C］の皇后の詞の中で釣る対象が『肥前国風土記』では「細鱗之魚」と記されているのに対して、『日本書紀』では単に「河魚」となっており、釣られた後に「細鱗魚」であるとされている。

③［E］において、伝承された漁法を『肥前国風土記』では「針」で釣るとするが、『日本書紀』では「鉤」としている。

細部の違いではあるが、二書に見られるこうした相違点は、各伝承における偶然性の所産なのであろうか。それとも、何らかの意図において必然的な要素を担っていたのであろうか。二書における年魚釣り譚の記載の意図をその表現方法を考察することで明らかにしたい。

2　「進食」の意味

年魚釣り譚は神功皇后が、新羅遠征の途次に「而進二食於玉嶋小河之側一」とあることに始まる。その一文の表記は『日本書紀』『肥前国風土記』に共通する。「進食」に古訓はなく、近年の注釈書は「ミヲシシタマヒキ」と訓み(3)、玉島川のほとりで食事をした意と解している。「ミヲシシタマヒキ」のミは美称の接頭語、ヲシはヲスの連用形。ヲスは「上二段居《ウ》の連用形に敬意を表すスが接したものかといわれる。原義は占有する・わが物とする意の尊敬語」（『時代別国語大辞典上代編』「をす」【考】）であり、そこから「飲む、食う」「着る」「統治する、治める」等の意が派生したとされる。

ミヲスの訓からは神功皇后がお食事をなさった意と解せる。ところが、新編日本古典文学全集『風土記』は「ミヲシシタマヒキ」と訓じながらも、「土地の神に食事を捧げられた」と現代語訳している。『日本書紀』において、「進」には「進《タテ》二同母妹八田皇女一曰…」（仁徳天皇即位前紀、前田家所蔵本）と見え、タテマツルの訓と考えられる。『類聚名義抄』（観智院本）にも「ス、ム　マイル　タテマツル　ノホル　タ、　ノトル」と訓が見える。「進食」は「食をたてまつる」という訓義ではないのであろうか。「進食」の用法を検討しておきたい。

漢籍における「進食」は「凡進レ食之礼、左レ殽右レ胾」（『礼記』曲礼上第一）、「母怒曰、大丈夫不レ能二自食一、吾哀二王孫一而進レ食、豈望レ報乎」（『漢書』韓信伝）のように、食事を客または尊者に進める意に用いられている。さらに、周・宋玉「高唐賦」には、高唐の台館を詠じて、「有方之士、羨門高谿。上成二鬱林一、公楽聚レ穀、進二純犠一、禱二琁室一」（『文選』巻十九）とあり、山上で穀（食）を用意し、諸々の神に「進」とする様を詠じている。李善は「進、謂レ祭也。禱、祭也」と注しており、「進」は神に食を進める行為の意と解している。新編日本古典文学全集『風土記』の現代語訳はこうした用法に基づく理解であろう。

他に「進食」の用例は『古事記』、および『肥前国風土記』を始めとして他の『風土記』には見当たらず、『日本書紀』にのみ、次のように見える。

a　壬申、自二海路一泊二於葦北小嶋一而進食。時召二山部阿弭古之祖小左一、令レ進二冷水一。適二是時一、嶋中無レ水。不レ知二所為一。則仰之祈二于天神地祇一。忽寒泉従二崖傍一涌出。乃酌以献焉。故号二其嶋一曰二水嶋一也。（景行紀十八年四月三日）

b　八月、到二的邑一而進食。是日、膳夫等遺レ盞。故時人号二其忘レ盞処一曰二浮羽一。今謂レ的者訛也。昔筑紫俗号レ盞曰二浮羽一。（景行紀十八年八月）

c　（日本武尊）蝦夷既平、自二日高見国一還之、西南歴二常陸一、至二甲斐国一、居二于酒折宮一。時挙燭而進食。是夜以レ歌之問二侍者一曰、

新治　筑波を過ぎて　幾夜か寝つる

（珥比麼利　莵玖波塢須擬氏　異玖用伽禰莵流）（紀歌謡25）

諸侍者不二能答言一。時有二秉燭者一。続二王歌之末一而歌曰、

日日並べて　夜には九夜　日には十夜　（紀歌謡26）

（伽餓奈倍氏　用珥波虚々能用　比珥波苔塢伽塢）

即美二兼燭人之聡一而敦賞。則居二是宮一、以二靫部一賜二大伴連之遠祖武日一也　（景行紀四十年是歳）

d　昔日本武尊、向レ東之歳、停二尾津浜一而進食。是時解二一剣一置二於松下一。遂忘而去。今至二於此一此剣猶存。

故歌曰、

尾張に　直に向かへる　一つ松　あはれ

（烏波利珥　多陀珥霧伽弊流　比苔菟麻菟　阿波例）

一つ松　人にありせば衣着せましを　太刀佩けましを　（紀歌謡27）

（比等菟麻菟　比苔珥阿利勢麼　岐農　岐勢摩之塢　多知波開摩之塢）　（景行紀四十年是歳）

e　（大海人皇子）会明至二莿萩野一。暫停駕而進食。至二積殖山口一、高市皇子、自二鹿深一越以遇之

（天武紀元年六月二十二日）

右の例は、いずれも、征討を目的とする行路の途中、或る土地に着いたときに「進食」をするという共通性を持つ。従来、それぞれ景行天皇・日本武尊・大海人皇子が「食事」をした意と解されており、文脈に齟齬は無いようである。しかし、なぜ征討の途路に食事をしたことがこのように記されるのか、果たしてそれを単なる食事と解してよいのか、検討の余地のあることを考えさせる。a・bは「進食」後、地名起源譚が語られてもいるからである。aにおいて、天皇がその地の水を飲む行為に対しては「令レ進二冷水一」「酌以献」とあって、他者（山部阿弭古之祖小左）が天皇に水を差し出していることが明らかである。

類似の用法は記紀風土記に「（天皇に）進レ贄者紀伊国牟婁郡人阿古志海部河瀬麻呂等、兄弟三戸、服二十年調役・雑徭一」（持統紀六年五月）、「（景行天皇は）遂到二赤石郡廝御井一供二進御食一」（『播磨国風土記』賀古郡）「（景行）天皇、恋悲誓云、不レ食二此川之物一。由レ此、其川年魚不レ進二御贄一」（『播磨国風土記』賀古郡）のように天皇の食に対しては「御食」、「贄」あるいは「御贄」とあって、敬意が払われており、「進食」との使い分けが窺える。

こうした用法に倣えば、「進食」は天皇が他の尊者に対して食を差し出したことを意味する。すなわち、天皇が新たに訪れた地の神に「進食」をしたことが前提となって、天神地祇に祈って「寒泉」が「湧出」したという結果に結びつくという構図である。「進食」を天皇がその地の神を祭る行為とすると、それを受けてその地の神は実利に繋がる瑞祥を示したことになる。このように地の神が食を天皇に差し出すことは、『萬葉集』の第二期の例ではあるが、

行き沿ふ　川の神も　大御食に　仕へ奉ると　上つ瀬に　鵜川を立ち　下つ瀬に　小網刺し渡す　山川も
よりて仕ふる　神の御代かも　（1・三八、人麻呂、吉野讃歌）

と川の神が天皇に食を差し出すことを詠んで、天皇の御代を寿くことと類似する。「進食」を受けた神が土地のものを贄として差し出すことは、その地の神が天皇の下位にあって、天皇への奉仕を意図していることを意味し、関係としては地の神の天皇への服属と捉え得よう。そして、そこに「故号二其嶋一曰二水嶋一也」と地名を付けることは、天皇によってその土地の意味が新たなものへと更新されたことを示し、それが新たな記憶として語られるのである。aは、「進食」、神への祈り、瑞祥の出現、地名を名付けるという構図を示し、「進食」はその前提としての行為であることを窺わせる。なお、aと年魚釣り譚の構図については後述する（5　地名起源譚）。

次いでａの分析を参考にｂを考察すると、天皇は土地の神に「進食」し、膳夫は盞によって天皇に食事を奉ったという構図が浮かび上がる。ただし、応神天皇の吉備行幸においては「時御友別（吉備臣の祖）参赴之。則以二其兄弟子孫一為二膳夫一而奉饗焉」（応神紀二十二年九月十日）と土地の豪族の兄弟子孫による奉仕の様を伝え、『高橋氏文』も景行天皇の東国巡幸に「諸氏人東方諸国造十二氏」が子弟を進め、「手次比例《たすきひれ》給天依賜支」と膳夫とした説話を伝えていることからは、地方豪族が服属のため贄を進め、一族を膳夫として宮廷に奉仕させたことに原型があることが推測できる。(4) ｂにおいて景行天皇は的邑に至って、その土地の神に食を祭り、土地の豪族は服属の為に一族の者を膳夫として天皇に食事を進めた。しかし、ｂにはａに見えるような瑞祥はなく、地名も「時人号二其忘レ盞処一曰二浮羽一」とあって、天皇による命名ではない。ａとｂは共に地名起源譚ではあるがその質を異にしていることが理解される。そして、この「時人号…」の形式が『日本書紀』の年魚釣り譚と共通することが注意されるが、これについても後述する（5　地名起源譚）。

土地を巡行する貴人と食事の関係は、たとえば、土地の権力者が巡行者に対して饗宴・献上といった形で飲食物を供する場合、それは服属の意志を示すものとして理解される。(5) そうした要素は、土地の権力者を介さず、巡行先で食事をしたことのみが示される場合においても同様に把握できる。

ｆ　主神（葦原志挙乎）、即畏二客神（天日槍命）之盛行一而、先欲二国占一巡上、到二於粒丘一而飡之。於レ此、自レ口落レ粒。故、号二粒丘一。其丘小石、比能似レ粒。（『播磨国風土記』揖保郡粒丘）

ｇ　所三以号二志深一者、伊射報和気命、御二食於此井一之時、信深貝、遊三上於御飯筥縁一。爾時、勅云、此貝者、於二阿波国和那散一、我所レ食之貝哉。故号二志深里一。（『同』美嚢郡志深里）

fは、主神が客神の力を畏れ、先に国を占有してしまおうと粒丘で食事をした、というもので、神による飲食が「故、号二粒丘一」という地名の命名に繋がる。神による土地の生成は神の国占めを意味する。また、gでは、伊射報和気命（履中天皇）が貝を食したことが地名の命名へと繋がっている。fと類似の構図を持ち、やはり占有行為であることを考えさせる。飲食による国占めが神だけでなく天皇の行為としても語られることを示している例である。それは天皇に準ずる者の行為においても推測できる。

h（倭建命が）到二坐尾津前一松之許一、先御食之時、所レ忘二其地一御刀、不レ失猶有。（景行記）

hはdの類話である。天皇の命を受けて東征に赴く倭武命は、天皇に準ずる巡行者といえる。倭武命が訪れた場所で飲食をしたと語る右の例において、置き忘れた刀が取りに戻るまで失せずにあったということは、その間一つ松の場所に侵入する者が無かったことを意味している。地名の命名は見えないが、fgの占有行為の延長線上にあると推測できる。一つ松の許で飲食を行ない得たことがその土地の倭武命への帰順を示唆しているのである。

しかし、類話であるdにおいて、日本武尊は「進食」をしている。このことは、abにおける「進食」と天皇への食の奉仕を考慮すると、食のあり方が双方向性を有していることを考えさせる。すなわち記紀におけるd・hの相違は、東征における地の帰順がそうした双方向性にあることから生じているのではないか。こうした飲食による国占めについて、飯泉健司氏は、その土地の「国霊」がこもった収穫物を食べることが「土地の霊に対してそれを掌握せんがため[6]」の行為であるとされるが、その前提として土地の神（霊）に「進食」することは、その神の存在を認めることになろう。双方向性を考える所以である。

d・hの歌が剣を守ってくれた松に対する讃美を含むとすれば、それは「進食」をし、かつその地の「御食」を得た倭武（建）命による、松の生える地の神への讃美であろう。cが「進食」の後、秉燭者と酒折宮に至る歌を詠み、秉燭者を「敦賞」することには、そのようにして今在る地を確認する意が含まれているだろう。「靫部」は「靫負部」のことで「地方国造の子弟によって編成される朝廷の軍事力で、宮廷諸門警衛に当たり、大伴連がこれを統率した」(7)とされる。酒折宮で「靫部」が語られるのは、甲斐国の子弟による軍事力が朝廷の軍事力に組み入れられたことを示しており、「靫部」を大伴連に賜るのは甲斐国の服属を受容したことを意味すると考えられ、類似の発想を窺える。

eは壬申の乱における記述である。日本武尊の東征とは質を異にするが、近江方を征討するための行路の地での出来事であることには変わりがない。しかも、六月二十四日に吉野を出立し、七月二十六日に戦いが勝利を収めるまでの間、食事の記述は他に見えない。鹿深での「進食」の後に記されるのは、吉野方に勝利をもたらす高市皇子の到来である。皇子の到来は、いわゆる瑞祥ではないが、強力な味方の出現であり、勝利への予感を抱かせ得る。大海人皇子の「進食」も、他の用例と同義であることを窺わせる。

「進食」に対する以上のことから、神功皇后が「進食」をして土地の神を祭ることは、以下の神功皇后の行為の前提になっていると考えられる。

3　呪言

神功皇后が玉島川の中の石の上でする発言は、皇后の年魚釣りが占いの行為であることを顕かにする。次に、年魚釣り譚の皇后の発言の箇所を再掲する。

・登二河中之石一、捧レ鉤祝曰、「朕欲三征二伐新羅一、求二彼財宝一。其事成レ功凱旋者、細鱗之魚、呑二朕鉤緡一」

（『肥前国風土記』）

・登二河中石上一、而投レ鉤祈之曰、「朕西欲レ求二財国一。若有レ成レ事者、河魚飲レ鉤」（紀）

右の発言の「新羅遠征が成功するということであれば、年魚が釣れる」という文脈は、「年魚が釣れたならば」（A）、「新羅遠征は成功する」（B）という条件の提示と帰結の関係が逆命題として示されているものであり、新羅遠征の成否を問う呪言としての質を持つ。そこには当然「年魚が釣れなければ」（A'）、「新羅遠征は成功しない」（B'）という相反する条件及び帰結が想定される。このような二つの条件（及び帰結）の提示、並びに提示される条件と結果としてあらわれる帰結の関係は占いとしての質を持つものである。しかし魚釣りと新羅遠征とは経験的には偶然の関係にあるものであり、その「祝曰」「祈曰」とある呪言の構造は卜占の方法のひとつであるウケヒの構造に適っている。

土橋寛氏は、一般に、ウケヒは神の意志を知る方法とされる説を否定し、「『真実』を知るための卜占の方法[8]」とした。この神意と真実の区別について、内田賢徳氏は、神話的世界において神々の意志は相互的であるが、恣意のままではなく、思惟の結果として発されるものであり、その思惟が従うべき論理が働き、そこには必然的な条件帰結関係がある。ウケヒのAであればBという構造は、AでなければBではないという排中律が働く関係である。排中律が働き、かつ経験的なものがその真を証明しないウケヒにおいて、「その真を支えるのは、不可知の、経験を越えた原理」であると論じる。さらに、こうしたウケヒには望ましいもの（B）を意欲する意義のホ

クと望ましくないもの（B）を一方的に求めるトゴヒとの対応を見ることができるとする。(9)

内田氏が論理づけるウケヒの構造における排中律の働きは、神功皇后の年魚釣り譚にも言えることで、年魚釣りの結果として帰結されるのは新羅遠征が成功するか成功しないかのどちらかである。年魚釣りと新羅遠征という経験的には偶然でしかない条件帰結関係に、『肥前国風土記』と『日本書紀』とはどのような信憑性を与えているのであろうか。氏は年魚釣り譚に対して、「神話の神々の行動すら律する先験的な原理」が「漁撈にあっても一つの呪術を可能ならしめている」とし、その背後に『肥前国風土記』に「祈狩」の前提に「好い獲物が得られれば豊穣が約束されるという呪術の論理があった」とする。(10)『日本書紀』と『肥前国風土記』との関係性の内実を探ってみたい。

『日本書紀』では年魚釣りに際して、「投レ鉤祈之曰」と呪言を発する行為を「祈」と記している。ウケヒの構造には、肯定と否定の相矛盾する条件と帰結が含まれるが、年魚釣り譚が肯定の条件と帰結のみを示すように、場合によっては二つの矛盾する条件（及び帰結）のどちらか一方のみが提示される場合にも成立する。

時麛坂王・忍熊王、共出二菟餓野一、而祈狩之曰〈祈狩、此云二于気比餓利一〉、「若有レ成レ事、必獲二良獣一也」
（神功皇后摂政元年二月）

麛坂王・忍熊王が神功皇后に戦を仕掛ける場面でのウケヒであり、「于気比餓利《うけひがり》」と注されている。ここでは獣を獲ることが事の成功を示すということのみが提示されているが、当然そこには「良き獣を獲《え》ずば」という相反する事態が想定されうる。そして「于気比餓利《うけひがり》」のウケヒには「祈」の表記が用いられていることから、『日本書紀』の「投レ鉤祈之曰」は、「鉤を投げて祈《うけ》ひて曰く」と解される。『日本書紀』において、皇后の年魚釣りは新羅遠征の成否を占うウケヒとして明確に把握されていたのである。一方、『肥前国風土記』の年魚釣り譚の記述は「捧レ鉤祝曰」とあって、「祝」と表記されている。

「祝曰」は、つとに荒木田久老が「ホギ玉ハク」と訓を附しており[11]、その後、栗田寛氏[12]、後藤蔵四郎氏[13]らが従い、近年では新編日本古典文学全集『風土記』[14]で「神意を尋ねている」として「祝」をホクと訓んでいる。一方で日本古典全書『肥前国風土記』[15]が「うけひたまひしく」と訓じて以来、日本古典文学大系『風土記』[16]や、小川瓔禮氏『風土記』[17]、山川出版社刊『肥前国風土記』[18]に「うけひ」の訓が見られ、中川ゆかり氏も「うけひ」の訓を肯定している[19]。他に、井上通泰氏が「イハフはかくあれかしと祈るにてホグとは異なり。今の世はホグを誤りてイハフといふ[20]」として久老の訓を退け「イハフ」とし、また武田祐吉氏が「ねぎたまひしく[21]」と訓むなど、「祝曰」の解釈には諸説が見られる。

神功皇后の発言がウケヒの構造を持つことからすれば、「祝」を「うけひ」と訓むことはあり得たであろう説として考えられる。しかしながら「祝」の字をもってウケヒを示す他例は容易に見出せない。甲類『肥前国風土記』の編者が『日本書紀』を参照したのであれば、何故「祈」とせずに「祝」と表記したのであろうか。中川ゆかり氏は、ウケヒが「祈」であらわされる場合、イノルやノムの状況や心理との類似が見られるとし、ウケヒは「漢字の使い方からすれば、『祝』の方が適切である[22]」ともする。「祝」の字をウケヒと訓ずる確かな例が見出せないことを視野に入れつつ、皇后の発言がウケヒの構造をもちながら、『肥前国風土記』が「祝」と表記した意図を考えてみたい。

条件の提示を伴う発言に対して「祝」と記すことは、次の例に見られる。

是時天照大神手持二宝鏡一、授二天忍穂耳尊一、而祝《ホキ》之《て》曰、吾児、視二此宝鏡一、当レ猶レ視レ吾。可三与同レ床共レ殿、以為二斎鏡一、当レ猶レ視レ吾。（神代紀下第九段一書第二、鴨脚本訓）

天照大神は天忍穂耳尊に「宝鏡」を授けて、これを自身と同じように「斎鏡」として扱い、祀るよう仰せられた、という。発言は、「斎鏡とするならば」という条件の提示による祭祀の要求と解され、ホクの訓をもつ。ホクの仮名書き例は応神記に見える。

この御酒は　我が御酒ならず　酒《くし》の司《かみ》　常世《とこよ》にいます　石立たす　少名御神の　神《かむ》苔《ほ》岐《き》　本《ほ》岐《き》狂ほし　豊《とよ》本《ほ》岐《き》　本岐廻ほし　献《まつ》り来し　御酒ぞ　残《あ》さず飲《を》せ　ささ　（記歌謡39）

神功皇后が大和に入る応神天皇を迎えて酒を献じるときに歌われたと伝える、勧酒歌である。このようにホクに祝福の意味があることは、たとえば、即位前の顕宗天皇が縮見屯倉首の新築祝いの場で唱えた祝言中の「室《むろ》寿《ほき》」（顕宗即位前紀二年十一月、図書寮本）の訓や『萬葉集』の「あしひきの山の木枝のほよ取りてかざしつらくは千年保《ほ》久《く》とぞ」（18・四一三六、大伴家持）という祝いの歌の用例からも理解できる。ただしホクは悪しきことの実現を求める場合にも用いられている。

時天神見二其矢一曰、此昔我賜二天稚彦一之矢也。今何故来、乃取レ矢而呪《ホキ》之《て》曰、若以二悪心一射者、則天稚彦必当レ遭レ害。若以二平心一射者、則当レ無レ恙。因還投之。（神代紀下第九段一書第一、鴨脚本訓）

天稚彦に「悪しき心があれば」、「矢」がその身に当たる、という呪言である。ホクの両義性については、すでに『時代別国語大辞典上代編』に「ことばの持つ霊力が、吉凶の作用を営みいだすという考えから、そのために祝福したり、のろったりすることである」（「考」欄）とされる。

ホクのこうしたあり方について、内田氏は、両義的であるのを元来とし、「鏡」などを呪具として用いた、一種の神おろしによる吉凶判断ではなかったかと推測し、[23]ホクに「祝」の字が与えられたことについても、同様の意を推測する。「祝」は、『説文解字』に「祭主二賛詞一者」とあって段氏注に「以二人口一交神也」とあるからである。なお『淮南子』には牛を犠牲として神を祀るに際して「生子而犠。尸祝斎戒。以沈諸河」とあり、その高誘注に「尸祭レ神之主、祝祈二福祥之辞一」とある。このことは「祝」の字に神下ろしによる吉凶判断があったと同時に、より積極的に吉の判断を願う意が託されていることを推測させる。

『日本書紀』が「祈」字によってウケヒによる新羅遠征の成否を占うのに対して、『肥前国風土記』はそこに、吉を一方的に願う意義を託している。『肥前国風土記』の「祝」の表記を重視すれば、この構図は「2　『進食』の意味」で触れたaの「仰之祈二于天神地祇一」の構図と類似する。

神功皇后が用いた呪具「鉤」を捧げ「祝」と表わした表現性をさらに探ってみたい。神功皇后は年魚釣りに関して、身の周りの「もの」を道具として使い、呪言では釣り上げる対象を、『日本書紀』においては「河魚」、『肥前国風土記』では「細鱗之魚」としている。『日本書紀』においては種類を問わず、魚が釣れることに占いの主眼があったのに対して、『肥前国風土記』では「細鱗之魚」が最初から求められている。「細鱗之魚」という限定が記されている意図は奈辺にあるのであろうか。

4　年魚釣りと道具類

神功皇后は玉島川の釣りにおいて、その道具として「針」を勾げた「鉤」、「飯粒」による「餌」、そして「裳」

の糸を使っている。「針」は衣服を縫うことが当時における女性の分担的役割であること[24]を想起すれば、皇后自身が所持していたものである可能性が考えられる。「針」は旅の必需品であり、もちろん男性も携行するのであるが、神功皇后との関係において、それは女性のもつ「針」であることが聯想されよう。飯粒は神を祭る「進食」の折のものであろう。そして「裳」の糸は、神功皇后が身につけていた御裳から糸を抜いたと解するのが自然であろうが、御裳ではなく、単に「裳」とあることは、本来の釣り糸ではないことを示唆していると推測される。ちなみに『古事記』では「御裳」とある。いずれも皇后の身の回りにある「もの」を転用しており、一見旅先におけるその場しのぎの道具類と解される。

「針」を勾げて作った「鉤」（釣り鉤）は、「針」と釣り鉤の用途の違いからみても、何故「針」なのかは考えられねばならない。釣り鉤は、すでに縄文時代の骨角製釣針の出土品に獲物の大きさに合せた単式（小・中型）・結合式（大型）の使い分けや鐖《あぐ》（逆刺《かえし》）の向きや大きさの調整などの工夫が見られ、さらに弥生から古墳時代にかけては、単式の金属製への全面的な移行が認められる[25]等、製品化が進んでいた道具である。釣り鉤の工夫は言うまでもなく豊漁への願いが根底にあり、良質な釣り鉤を使うことは実際問題として豊漁に繋がって行く。しかし、「針」を勾げた「鉤」は形態上の類似性はあるものの、そうした勝れた道具とは言えないものである。

それ故に『肥前国風土記』において、神功皇后が、川中の「石」に登り、その「鉤」を捧げた状態で「祝曰」とあることには、「石」を臨時の祭場とし[26]、「鉤」を捧げて、神おろしをし、吉凶を判断する意図が窺える。「鉤」を捧げて、という行為には、先に神代紀で天照大神が天忍穂耳尊に「宝鏡」を授けて「祝《ホキ》之曰《て》」とあったように「針を勾げた釣り鉤」を一つの呪具として吉凶の判断をしていると考えられるのである。「鉤」は、捧げられ、さらに「祝曰」とあることで、釣りの結果を左右する呪的な質を獲得したと考えられる。しかし、『日本書紀』には「投レ鉤祈之曰」とあって、「鉤」が捧げられることはない。

このことからは、「鉤」を捧げるという恭しい行為が、新羅征討への厳粛な占いの一環として必要な行為とは考えにくく、『日本書紀』と『肥前国風土記』とでは、「鉤」に関する行為の意図に差のあることを考えさせる。その相違は前に指摘した「河魚」と「細鱗之魚」の相違と対応する。

一般に年魚は、川で生まれた稚魚がいったん海へ下り、早春に全長四〜七センチメートルに成長して再び川をさかのぼる。ふつう寿命は一年で、海中ではプランクトンを食べるが、川へ入ってからは主として川底の石についた藻類すなわちケイ藻やラン藻（幼魚は動物プランクトン）を食べることはよく知られていることである。[27]『大和本草』には「秋ノ末河上ヨリ下リテ潮ザカヒニテ子ヲウンデ死ス、沙川ノ鰷ハ小ニシテ瘦ス、大石多キ大河ニアルハ苔ヲ食フ、故大ニシテ肥ユ、大ナルハ尺ニ至ル」とある。その釣り方も江戸後期以前は梁などでとる漁法であった。例えば、吉野川の漁が「大御食に　仕へ奉ると　上つ瀬に　鵜川を立ち　下つ瀬に　小網さし渡す」（『萬葉集』巻一・三八、人麻呂作歌）とあるのも、参考にされる。

このように当時の年魚釣りの漁法を推測すると、針を勾げた「鉤」による釣りがかなり現実的なそれには反するものであることを考えさせる。加えて、「飯粒」を餌とすることも、年魚釣りの漁法としては異例であった。「飯粒」であることは、玉島川のほとりでの皇后の「進食」に関わることが推測される。その地の神（国霊）に奉られた「飯粒」が、より大きな獲物である「年魚」を引寄せているからである。それは「年魚」という実際ではなく、その地における将来の大きな収穫物、すなわち農耕の豊穣を意味しているのではないか。[28]

玉島川のほとりには、現在玉島神社（佐賀県唐津市浜玉町玉島。聖母神社、神功皇后宮とも）がある。玉島神社は『延喜式』には見えないため、後にその地が神の鎮座する場として意義づけられたことが推測される。神社は玉島山と呼ばれる場所の高台に位置し、南東から流れ来る小川が玉島川の本流に合流する様子を見ることができる。玉島川河畔は、この合流地点を境として、内陸には丘陵地がひろがり、河口にかけては扇状地が形成されている。アユが遡上する玉島川は、その平地を潤す水流である。玉島川がその扇状地において、古来、農耕の要とされていたことは充分推測できる。『肥前国風土記』においては、そこで皇后は「飯粒」を餌とした「鉤」を捧げて「祝」し、結果として「細鱗之魚」を得ることを願うのである。

『日本書紀』が「河魚」を願い、結果として「細鱗魚」を釣るのに対して、『肥前国風土記』は当初から「細鱗之魚」が「飯粒」に取って代わることを願っている。『倭名類聚抄』（十巻本、龍魚）には、「鮎　本草云、鮧魚、〈上、音夷〉、蘇敬注云、一名鮎魚〈上、奴兼反、阿由。漢語抄云、銀口魚。又云、細鱗魚〉、崔禹食経云、貌似㆑鱒而小、有㆓白皮㆒無㆑鱗、春生夏長秋衰冬死、故名㆓年魚㆒也」とある。「年魚」の表記は、『倭名類聚抄』がひく『崔禹食経』によれば、一年で一生をおくる生態に基づくという。古風土記の産物記事にも多く見え、古来より食用として人々に身近な魚である。一年周期の生態は、日常の生活の中で自ずと観察され、「年魚」の表記の定着も納得される。

その一方で『漢語抄』はその魚の、外形から来る名「銀口」「細鱗」を伝えている。『崔禹食経』には「無㆑鱗」とあるように、「年魚」の鱗は非常に小さく、「細鱗」の意は外観的には「無㆑鱗」に近いことを意味する。『肥前国風土記』において願われていたのが「細鱗魚」という固有名の魚でなく、「細鱗之魚」であることは「飯粒」

への聯想が働いていることを示唆する。「捧レ鉤祝」して、釣り上げられたのは「銀口魚」とも呼ばれる大きな獲物に他ならない。その形態と耀きは、「飯粒」に聯想され、さらに大きな収穫物を印象づけるものであることが、豊穣の予祝に繋がる。しかもそれが皇后の「針」と収穫物としての「飯粒」によると表明されることは、その結果が奇瑞であること意味しよう。

『日本書紀』において、「進食」によって土地の神を祀ることは、その地でのウケヒに信憑性をもたらしたであろう。そのウケヒの結果、神功皇后の「針を勾げた鉤」は「河魚」を引っかけており、そこに新羅遠征の勝利が占われる。『日本書紀』に「祝」の字ではなく「祈」の字が用いられるのは、「河魚」が獲れるかどうかで新羅遠征の成否を占うことに主眼があるからである。『肥前国風土記』のそれも新羅遠征時のでき事として形式的な類似を見せながら、その内実には豊穣の予祝としての意味を負うように記載されているのである。

そして餌と魚と、その両者を関係づける釣り糸が皇后の「裳」の「糸」であることは象徴的な意味を窺わせる。「裳」は腰にまきつけて着用する古代の女性の衣服である。服飾史において見れば、「裳」の着用は女性に限らない。しかし、『萬葉集』に「立たせる妹が裳の裾ぬれぬ」(5・八五五)、「赤裳裾引」(5・八〇四、6・一〇〇一、9・一七四二、11・二五五〇、17・三九七三)などと見える女性の動きに伴う「裳」の描写は、女性らしさを印象づける常套的な表現として多く見られ、上代文学における「裳」は女性を象徴する「もの」の一つと言える。

神功皇后が新羅遠征に赴く際に、既に応神天皇を身ごもっていたことを『肥前国風土記』は記さないが、仲哀記の応神天皇出生譚では、遠征が終わるまで腹を鎮め、出産を遅らせるために、「裳」に石を纏わせた(「取レ石以纏二御裳之腰一」)とある。神功皇后が朝鮮半島へ出征するときに、すでに応神天皇を宿していたという話は一般に鎮懐石伝説と呼ばれ、神功皇后を主人公とする伝説のなかでも主要なもののひとつであり、奈良時代にはすでに周知の伝説であったろう(29)。

　神功皇后の出征と応神天皇の誕生は一つの流れの内に理解されていたと考えられる。妊娠中の神功皇后による釣りに、女性の出産力・生命力の感染による豊穣が期待されたことは容易に推測できる。「裳」とあることは神功皇后に限定されない、女性のそうした力を象徴する意がこもると考えられる。

　なお、『日本書紀』には「挙レ竿」とあって、年魚釣りに竿が出てくる。『肥前国風土記』では「呑二朕鉤緡一、既而投レ鉤片時」と、皇后のことばに続いて「投レ鉤」とあるのに対する表現であるため、「竿」の意味が問われるかもしれない。しかし、この表現は魏・応璩〈休璉〉「与二従弟君苗君冑一書」（『文選』巻四二）に、隠遁を語る部分で「伊尹輟レ耕、郅惲投レ竿」に対して、自らの行為を「吾方欲下秉二耒耜於山陽一、沈中鉤緡於丹水上」とするように、魚釣りの行為を「竿」と「鉤緡」とに託した表現手法と推測される。『日本書紀』と『肥前国風土記』との影響関係に今は踏み込まないが、「挙レ竿」に占いの質に関わるような特別な意味があるとは考えがたい。

5　地名起源譚

　年魚釣りが行われた地「松浦」について、『日本書紀』と『肥前国風土記』は、その地名が釣りあげた年魚を見た神功皇后が「希見《めづらし》」と感嘆し、それが訛ったものと伝える。その命名において、『肥前国風土記』は「因曰二希見国一」と記し、『日本書紀』は「故時人号二其処一曰二梅豆羅国一」と記している。「因曰二（地名）一」は『肥前国風土記』および『豊後国風土記』に数多く見られる地名起源を記す表現方法であり、特段の記述方法とは言えない。しかし、その表現の構図は「2　『進食』の意味」の項で挙げたa景行天皇十八年夏四月条の地名起源譚の、「進食」、神への祈り、瑞祥の出現、地名の命名という構図と類似する。『肥前国風土記』において皇后の「めづらし」という感嘆は「祝曰」の通り、「細鱗之魚」を得た奇瑞に対して、発せられたものであり、神功皇后の釣りの成功は豊穣への約束として継承される。

「松浦」は、その地名起源譚を「所以」として、伝承が記された「現在」に至るまで予祝された地名としてある。故に、『肥前国風土記』において、松浦での四月の行事が継承されているのである。四月の行事の描写に「常以レ針釣二之年魚一」とあるのは、婦女たちの釣りが神功皇后の行為の模倣であることを示している。

呪具として祝福を得た「針」によって釣るという形の継承は、皇后による豊穣の予祝を追体験することによって、皇后の奇瑞による豊穣への約束がなお繰り返されて継承されていることを意味していると解される。乃ち、『肥前国風土記』における年魚釣り譚は神功皇后の新羅遠征時のウケヒの形態を持ちつつ、その内実には豊穣の予祝譚としての質を持つ。

一方、『日本書紀』には「因曰二（地名）一」という表現方法は見えない。その前文における事柄を受ける場合には、「（木花開耶姫は三柱の子を生み）時以二竹刀一截二其児臍一、其所棄竹刀、終成二竹林一。故号二彼地一曰二竹屋一」（神代紀第九段一書第三）といった表現方法[30]が見える。注意されるのは当該譚の場合、その名付けが「時人（その当時の人）」によって行われている点である。

『日本書紀』には「時人」による土地の命名が複数例見える。前に「2　『進食』の意味」の項で挙げたb景行天皇十八年夏四月条の逸話も「時人」の命名であった。bにおける地名譚は膳夫が遺した盞にちなむもので、その命名は膳夫の服属は意味するものの、瑞祥による土地の讃美は含んでいない。

『日本書紀』には「時人」による地名譚が複数見えるが、それは例えば、戦いの際に人が大樹に隠れて難を逃れたことから「仍指二其樹一曰、『恩如レ母。』時人因号二其地一曰二母木邑一」（神武即位前紀四月九日）[31]のように、いずれも偶発的な事柄による地名起源譚と言える。このことは、神功皇后にとって、「細鱗魚」が釣れ、「希見」と声を発したことは、「河魚」を求めて思いがけず「細鱗魚」を得たことに対する感嘆であることを示し、皇后自身がその事に特別な意義を見いだしてはいないことを暗示する。それは新羅遠征という目的にとって、ウケヒの結果の副次的な要素に過ぎなかったからであろう。「細鱗魚」はむしろウケヒの結果について、その効果を高める要素であった。

『日本書紀』における松浦の地名起源は、松浦の地への讃美というよりも、新羅遠征の一場面を形成し、神功皇后の事跡を語りだすことを意図している。「以鉤投二河中一」の記述は、地名とともに、皇后の偉業の痕跡、遠征の足跡のひとつとして、釣りの意味を伝える意図があると考えられる。「時人」という第三者による地名起源譚であることもそれを物語っている。四月の年魚釣りの行事に関する記述は『日本書紀』において「是以」と続く。行事は皇后の釣りの再現であり、それは、残された地名とともに、皇后が玉島で釣りを行ったという証拠を「現在」に伝えていることを示すものとして意味を持つ。『日本書紀』は皇后の事跡を伝えるという一貫した立場において年魚釣り譚を記したと考えられる。

なお、最後に『古事記』仲哀天皇の条に載せる年魚釣り譚にも触れておきたい。仲哀記は、仲哀天皇の崩御後、神功皇后が神託に従って実行した新羅遠征の話と、その後応神天皇が筑紫で生まれ大和へ帰還するまでの話で構成されている。年魚釣り譚は、遠征記事の直後、帰還する御子と皇后を狙う忍熊王らの反乱の記事の直前に、応神天皇の出生譚につづいて語られる。

この配置について新編日本古典文学全集『古事記』は、両譚は並列をあらわす助辞「亦」[32]で接続されており、これは「玉島行きも出産の折のことであるのを示す」（頭注）とする。『古事記』は皇后による玉島川での釣りの時期を応神天皇が誕生した後の出来事として位置づけていると考えられ、年魚釣り譚を遠征の途次と伝える『日本書紀』『肥前国風土記』とは異なる立場にあることが推測される。その内容は次の通りである。

〔仲哀記〕

故、其政未㆑竟之間、其懐妊臨㆑産、即為㆑鎮㆓御腹㆒、取㆑石以纏㆓御裳之腰㆒而、渡㆓筑紫国㆒、其御子者、阿礼坐〈阿礼二字以㆑音〉。故、号㆓其御子生地㆒謂㆓宇美㆒也。所㆑纏㆓其御裳㆒之石者、在㆓筑紫国之伊斗村㆒也。

［A］亦到㆓坐筑紫末羅県之玉嶋里㆒而、御㆓食其河辺㆒之時、当㆓四月之上旬㆒。［B］爾坐㆓其河中之礒㆒、抜㆓取御裳之糸㆒、以㆓飯粒㆒為㆑餌、［C］釣㆓其河之年魚㆒〈其河名謂㆓小河㆒、亦其礒名謂㆓勝門比売㆒也〉。［E］故、四月上旬之時、女人抜㆓裳糸㆒、以㆑粒為㆑餌、釣㆓年魚㆒、至㆓于今㆒不㆑絶也。

一見して明らかなように、『日本書紀』『肥前国風土記』の［A］～［E］の内容（「1　年魚釣り譚」参照）に対して、［B］における「鉤」に関する部分と［D］の皇后のことばと松浦の地名起源譚を欠いている。そこに語られるのは、鎮懐石を纏っていたその「御裳」、すなわち応神天皇出生に密接な関連を持つ「御裳」から抜き取った糸であり、玉島里におけるその土地の国占めが推測される御食における「飯粒」の餌である。それらによって年魚（獲物）が釣り上げられることには、後の応神天皇の世における豊かさが象徴され、予祝の意図がこもると考えられる。

『古事記』が「釣㆓其河之年魚㆒」としながら、「鉤」の記述や皇后のことばを欠くのは、当該譚を新羅遠征における戦勝の占いとは見なしていないからであろう。ウケヒの関与を退け、『古事記』は、年魚釣り譚を応神天皇の治世に関連する伝承として再構成している。出生譚と年魚釣り譚における「御裳」を強調した記述方法はその裏づけとなろう。

豊穣を予祝する意義を有する行事の起源を、三書はそれぞれの意図において伝えている。『古事記』が「鉤」の記述を欠くことはかえって、起源譚を戦勝の占いと地名起源として語るためには「鉤」の要素が不可欠であったことを考えさせる。しかし、『日本書紀』は占いを「祈《うけひ》」とすることから、「鉤」に見られた漁獲を左右する質と占いの結果とは切り離していると見られる。これは、『日本書紀』が皇后の釣りを土地の行事の「起源」としてよりも、神功皇后の業績が行事という形で残っていることを中央政権の立場から記述しているためと考えられる。

一方、記述が『日本書紀』と類似する『肥前国風土記』が神功皇后の占いの発言を「祝」とすることは、ウケヒの中でも吉（豊穣に繋がる）を願う判断であることを意図している。「針を勾げた鉤」「飯粒」「裳の糸」という年魚釣りの現実には反した方法が、「祝」によって豊穣を表象する奇瑞を生んでいることが、予祝の継承に繋がることを示し得ている。そうした記述方法は『肥前国風土記』が地誌であることと関係していよう。

他の二書は史書として、年魚釣りの行事に関する起源譚を利用している。それらと比較したとき、『肥前国風土記』は神功皇后の年魚釣りの行為に豊饒の予祝に繋がる奇瑞を把握し、その模倣を土地の年魚釣りの行事として継承し、神功皇后の奇瑞が現在も継承されていることに、より本来的な意義のあることを伝える意図を有しているといえる。

注

（1）九州風土記は、井上通泰氏（『肥前国風土記新考』昭和九年、『西海道風土記逸文新考』昭和一〇年）の指摘以来、甲類・乙類に分類される。甲類風土記と『日本書紀』の先後関係は、倉野憲司氏（『大和時代』下、日本文学史 三、三省堂、昭和一八年）が、『日本書紀』以降に甲類が成立したとされ、以後諸氏によってその詳細が検討されている。小島憲之氏「風土記の述作」、田中卓氏「九州国風土記の成立」、秋本吉郎氏 日本古典文学大系『風土記』「解説」に詳しい論が見られる。また、表記の問題は瀬間正之氏「肥前国風土記」（『風土記を学ぶ人のために』世界思想社、平成一三年）に指摘があり、個別の表記に関しては中川ゆかり氏による「凱旋」（「豊後国風土記」『風土記を学ぶ人のために』）や「片時」（「肥前国風土記の文章」（『風土記の表現―記録から文学へ―』笠間書院、平成二一年）についての検討があげられる。

（2）『肥前国風土記』では、気長足姫尊とその名がまず提示され、［B］以下で皇后と敬称で呼ばれるのに対して、『日本書紀』では神功皇后摂政前紀の冒頭に気長足姫尊が皇后に冊立されたことが見え、以下皇后と記されている。両者の名称の扱いに相違はないと考えられる。

（3）つとに塚本哲三氏校『古事記・祝詞・風土記』（有朋堂文庫、昭和二年）が「ミヲシタマヒキ」と訓む。

（4）平野邦雄『大化前代社会組織の研究』吉川弘文館、昭和四四年

（5）一例として、気比大神による太子（応神天皇）への御食（魚）の献上（仲哀記）があげられる。

（6）飯泉健司「播磨国風土記・粒丘伝承考―〈国占め〉伝承の基盤と展開―」『上代文学』六三、平成元年一一月

（7）日本古典文学大系『日本書紀 上』補注

（8）「ウケヒ考」『日本古代の呪禱と説話』土橋寛論文集下、塙書房、平成元年
（9）内田賢徳「ウケヒの論理とその周辺—語彙論的考察—」『萬葉』一二八、昭和六三年
（10）『萬葉の知』塙書房、平成四年
（11）『肥前国風土記』寛政一二年版
（12）『標注古風土記』大日本図書、明治三一年
（13）後藤蔵四郎『肥前国豊後国風土記考証』大岡山書店、昭和八年
（14）植垣節也『風土記』新編日本古典文学全集、小学館、平成九年
（15）久松潜一・小野田光雄『風土記』日本古典全書上、朝日新聞社、昭和三四年
（16）秋本吉郎校注『風土記』岩波書店、昭和三三年
（17）角川文庫、昭和四五年
（18）沖森卓也・佐藤信・矢嶋泉『肥前国風土記』山川出版社、平成二〇年
（19）「日本書紀の漢字・漢語選択の意識—〝ウケヒ〟の場合—」（『日本古典の眺望』平成三年）および「肥前国風土記の文章」『風土記の表現—記録から文学へ—』（笠間書院、平成二一年）
（20）『肥前国風土記新考』臨川書店、昭和四九年（初出は巧人社、昭和九年）
（21）『風土記』岩波文庫、昭和一二年
（22）注19前掲書及び論文
（23）注9前掲論文
（24）本論文第二章第一節
（25）直良信夫『釣針』ものと人間の文化史、法政大学出版局、昭和五一年、『日本考古学事典』三省堂、平成一四年
（26）柳田国男氏は「一目小僧」一七（『定本柳田国男集』五、筑摩書房、初出は昭和九年）において「水中の岩」に触れ、「この類の孤岩は水に洗はれて、世の穢から遠ざかつてゐるのをめでたものか、殆と常に祭場に用ゐられてゐる。殊にまた魚の生

牲を供へる場合に、かういふ岩の上を使つてゐる」とする。

(27) 本間敏弘『釣りの魚』玉川大学出版部、昭和五五年

(28) 日本古典文学大系『風土記』の頭注は後の松浦での四月の行事を「その年の農耕の豊饒を占い祈るための行事の習俗化したもの」と推測する。

(29) 鎮懐石伝説は、神功皇后摂政前紀九月条、『萬葉集』巻五・八一三題、『筑前国風土記』逸文（『釈日本紀』巻七〈前田家本〉）、『筑紫国風土記』逸文（同巻一一）に見える。

(30) 『日本書紀』には、当該の用法が地名に関しては全一八例ほど見え、類似の表現としては、他に「因号…曰…」「因改号…曰…」「故因号…曰…」とも見える。

(31) 「時人」の用法を神功皇后摂政前紀の裂田溝の地名起源では武内宿禰に神祇を禱祈らせたところ、「則当時、雷電霹靂し、岩を蹴り裂いて水を通したという。それを「時人」が名付けて裂田溝と云ったと伝える。ここに見えるのも偶発的な自然現象であって、瑞祥とはいいがたいと考えられる。

(32) 釈大典「文語解」に「高后元年魯元太后薨ズ、後六年宣平侯敖復薨ズ〈張耳伝〉、…（もし）亦ノ　字ナラバ宣平侯モマタ薨ズル義トナル」（「復」項）

終章

古代において、現実の生活のなかで「もの」の道具としての有効性を示す機能と質は、神話・伝説の文脈にあらわれる表現と不可分の関係にあった。「もの」の機能や質は、「もの」がどのような表象性を有するかということの根拠であり、また「もの」の機能と質は、神話・伝説の背後にある時代性や地域性、及びその基層にある民俗的営為と深く関与して、「もの」に類感し、ある限定された意味を導くことで、豊かな表現性を示していた。「もの」に感得される表象や意味は、当然のことながら伝承された神話や伝説を記載する者の意図とも深く関わっていることが、本論文における検討を通してまず理解された。

本書は「もの」―「杖」「剣」「針」「鉤」―があらわれる神話・伝説を考察の対象とした。その「もの」は数多に存在する「もの」の一部でしかないが、本書全体を俯瞰したときに、古代におけるそれら「もの」の表現性が、時代性や地域性と大きく関わると共に、神話と伝説とではその内容が区別されるという可能性が見えてきている。

即ち、神話では、神との関係において「もの」はその機能や質から意味を含む表現性が導かれるのに対し、伝説ではそうした所有者との関係は流動的で、「もの」が必要とされる状況や場面に即してその意味を表出させていると推測できるのである。また、表現を思考する前提としてある、各書における記述態度の問題としては『日本書紀』が歴史的叙述に徹する意図が見られる（「鉤」）のに対し、『古事記』には『古事記』における伝承の記載意図が存し、「もの」（「針」「剣」）の意味は意図的に抽出され、文脈に組み込まれているというあり方が見られる。そして『風土記』では地域の伝承を文章として記述するために、有効な表現方法が模索されていることが、「もの」（「剣」「鉤」）の検討から見通された。以下に本書で検討したことをまとめる。

神話から伝説への変化を一つの「もの」の機能や質から導かれる意味の変化として把握できるのは「杖」の場合である。

第一章第一節では、『常陸国風土記』行方郡条の夜刀神伝承にあらわれる「標の梲」の位置づけについての検討を行い、古代における「杖」の表現性を考察した。

古代における「杖」の把握のされ方には、神話的世界において祝福を志向するサキハヘ性と、邪を退けるサヘギ性という両面性が見られる。後者はより実態的である。文脈から神話的と推測される、神や天皇が巡幸する場において、神や天皇が持つ「杖」の機能にはサキハヘ性が表れる。神は赴いた土地で「杖」を衝いてそこを鎮め、安定を齎すという祝福を与えて占有する。神の系譜に連なる天皇の国見はその再現として見ることができる。「杖」は神や天皇の手に持たれることで所有者の一部となり、土地との交感を可能とするのである。一方、サヘギ性は、所有者が「杖」に託す権威によって平定を行い、安定を齎すはたらきである。これはサキハヘ性が積極的に祝福を与えるのとは逆に、災いを忌避することで統治する、消極的なあり方と言える。所有者の意志が託されていればよく、「杖」と切り離されても機能する。土地に立てられ、そこに残された「杖」は、土地の支配と所有者の権威を象徴するものとして意識され、そこに「占有標識」としての意味が要請されている。『常陸国風土記』が載せる「標の梲」は、夜刀神と人の住む場所を限る境界に「標」として設置されている。この展開は、後次的な「杖」のサヘギ性が把握される過程を経たうえで成立したと考えられる。夜刀神伝承において、サキハヘ性からより実態的なサヘギ性へと移行していることが見受けられるのである。その新しさは古代の蛇神に対する意識の展開とも対応しており、伝承において「杖」が表象するサキハヘ性からサヘギ性への展開が、神話から伝説への展開として表われることを示した。

　第一章第二節・第三節では、「剣」について、霊異の把握の有無という展開を考察した。建御雷神の神話と倭建命の伝説とにおいて「剣」は霊異を内在させる表現性を有するのに対して、『播磨国風土記』異剣伝説の「剣」は霊異を持ち得なかった「もの」として表現されている。また、『萬葉集』では、そうした神話や伝説の世界を歌の背景に持ちつつ、それを戯れの趣向に取り入れている。各神話・伝説と歌を通して、その表現の方法について検討した。

　第二節―一では、タケミカヅチ神の神話において、『日本書紀』では剣神という把握を出ない武甕槌神の存在が、『古事記』ではその把握に基づきつつも雷神としての性格がその表記「建御雷神」に表われているという相違に着目した。建御雷神は、国譲りのために地上に派遣され、伊耶佐之小浜に降ったとき、自らの「剣」を逆さまに立て、その先端にあぐみし、高天原の意向を申し渡したという。この伝承は、『古事記』『日本書紀』（第九段正文）に見られる。建御雷神が十掬剣を逆さまに立て（「逆刺立」〈記〉、「倒植」〈紀〉）た行為は剣神・建御雷神によるその地の占有をあらわすと考えられる。ただし、刃の先端を上方に向けていることについては、それが神の依代であることを表すと同時に、刃に発せられる霊威が上方に向かって顕現していることを示している。そこに顕現するのは剣の先端にあぐみする建御雷神である。その姿に「剣」と建御雷神が一体であることが把握されたと考えられる。また、「剣」を刺し立てた所が「浪の穂」であるのは、「剣」の神の表出と雷電との激しい勢いを表わす『古事記』の方法でもあることを考察した。建御雷神は、天鳥船との関係、水を制禦すること、力比べをすることなどの要素において雷神としての質が表現に具体化されている。「剣」は所有者のあり方とより強く結びつけられ、建御雷神の威勢をあらわす雷電の表象としての意味を表現において引き出されているといえる。

「もの」は、「杖」の場合と同じように、文脈における所有者との関係によってその質を決定付けられる。しかし、「杖」と異なるのは、「剣」は殺傷する道具としての機能によって、潜在的に霊威を把握される「もの」であるということである。神に手離された「杖」が、神の記憶を留めるのみであるのに対し、建御雷神の「剣」は単独で降下されたときに神格化し、その意味は新たな展開を導いている。

第二節―二では、倭建命が、伊勢国を出て能煩野で死に至るまでの間に手にする二つの「御刀」（美夜受比売の許に置いた「御刀之草那芸剣」と尾津前の一つ松の許に忘れ置いた「御刀」）を取り上げ、「御刀」という表現に見られる『古事記』の方法について考察した。この二つの「もの」は、共に倭建命の佩く武器として「御刀」とされるが、両者はその質を異にしている。剣・刀は、それ自体に霊力が潜在することを把握される武器である。霊力はそれを佩く者と交感することで発揮されるが、一方で、霊力の強い剣・刀は、それ故に独立を志向し、神格化するという傾向を持つ。「草那芸剣」は、独立性の高い「もの」であった。「草那芸剣」は、置いた時点で倭建命の「もの」ではなくなってしまう。倭建命は、再会が果たされれば蘇生が約束されたはずの「草那芸剣」を二度と手にすることなく亡くなる。一方、一つ松の「御刀」は、王の持つ「御刀」として倭建命の「もの」であり続け、一つ松がそれを守っていたことにより再会が果たされる。しかし、王の「御刀」は、蘇生を促すほどの霊力を持ちえない。『古事記』は全く異なる質を有する二つの「御刀」を同じことばで表記することによって、その差を浮かび上がらせる。それは、倭建命が死の間際に「その多知はや」と「草那芸剣」を哀惜することにも繋がると考えられる。二つの「御刀」の対比は、神代に由来を持つ霊剣が人の世に存在すること、即ち、伝説において神話の「もの」を取り込むことの『古事記』の工夫であったと考えられる。

第三節―一では、『播磨国風土記』の異剣伝説について、『風土記』が伝説をどのように記しているのか、その方法について検討した。異剣伝説の構成や表現には、霊剣の伝説との類似が指摘されてきた。「剣」を手に入れた丸部の家の滅亡が語られ、「刃不㆑渋、光如㆓明鏡㆒」「此剣、屈申如㆑蛇」と表現されることがそれにあたる。しかし、「剣」は売買の対象になっており、仲川里の御宅に安置されるものの、祀られないことは、「剣」が霊剣ではないことを示している。『播磨国風土記』は異剣伝説で、霊剣を思わせつつ、その意味を「記さない」という方法によって、霊剣でも単なる武器でもなく、しかし保管されるべき理由のある「剣」について記している。この方法は、「剣」が朝廷へも献上された、里にとって特別な「もの（宝剣）」ではあることを説明するために工夫した、その結果としての表現方法であり、地域性が重視される地誌である『風土記』だからこそ、成され得た方法であったと考えられる。来歴を語られて大切にされる剣・刀の中には、霊威あるとされるものから、祭祀の対象ではないけれども特別視されるものが存していたと推測される。その「もの」の意味として、神話が「剣」の霊異を語るのに対して、『播磨国風土記』はそれを伝説として記そうと試みている。それは霊異ある『剣』の神話・伝説からの展開の一つのあり方として捉えうる。

第三節―二、『萬葉集』巻十六・三八三三歌の境部王の「詠二数種物一歌」については、詠み込まれている「物」――「虎」「古屋」「青淵」「鮫龍」「剣刀」の表現の分析から、一首が「剣刀」を大げさに表現している点に、戯れの要素を窺うことができ、それは「文學《あそび》の座」で受け入れられたであろうことを考察した。一首は、「虎」に乗って「鮫龍」を取って来られるような「剣刀」が欲しいという内容で、怖ろしいものを詠み込んだ歌と解される。ただし、「虎」も「鮫龍」も日本においては伝説上の怪異である。それらを手懐けたり取りに行くというのは、漢籍や日本の伝説の中に見られる発想である。境部王は、よい「剣刀」が欲しいということを、非常に大げさに表わすと同時に、もしそうした「剣刀」が手に入るならば、自分とて伝説の主人公となるはずだ、という虚勢を表わしていると考えられる。また、「剣刀」は、上代文学の例においては、韻文の表現として位置づけられる。そうした歌のことばである「剣刀」を敢えて、現実に欲しい「物」として表わすことで、「虎」や「鮫龍」といった素材の滑稽性との落差を生じさせている。そうした戯れの在り方は、歌われた「場」においても共有されていたはずであり、巻十六の「物」を詠む歌の特徴を表わす一首であると言える。

第二章では「針」と「針を勾げた鉤」を扱って、「もの」の表現性の展開を検討した。第二章第一節では苧環型説話のもっとも古い例である、崇神記の三輪山伝説と『肥前国風土記』の弟日姫子譚について、「針」に託された意味を問うことから検討を進めた。苧環型の説話の「針」が、未だ神の存在を表示する「もの」として意識されるところから殺傷性をもって異類を殺す「もの」へと展開する、その発想の展開を予見させる表現性を窺える。

第一節―一では、崇神記の三輪山伝説の「針」について見た。三輪山伝説は、崇神記は、三輪山伝説の前に意富多々泥古の系譜を示しており、夜ごと訪れる壮夫が神であることは文脈において前提としてあると言える。また、三輪山の神は、『日本書紀』の記述から当時蛇体をもつ神として認識されていたと推測される。三輪山伝説ではそうした神の姿を直接的に示さず、「見えざる」ものとして表わしているのである。「見えざる」神は「紡麻」を著けた「針」を刺された状態で山に帰った。「針」は、神が進み行く状態を視覚的に認識できる唯一の「もの」として意味をもったのである。即ち「針」は「見えざる」神の存在を顕示する「標《しるし》」としてある。「針」の基本的な質は「縫う」機能である。日常生活で縫物をする経験は伝説の基層に存して、「針」と「紡麻」が進み行く様子にはものを縫い合わせる時の動きが想起される。S字型のその動きは、蛇の動きと近似し、「針」が「紡麻」を導きつつ山へと帰る蛇神の行動と重なる。「針」の動きには、「見えざる」神の蛇体が類感されたと考えられる。「紡麻」をたどる活玉依毘売が「神社」に行き着いたことは、「壮夫」との婚姻関係が神との婚姻関係として再構築されたことを意味している。その関係を視覚的にあらわす「紡麻」は縫われた結果の確かな繋がりとして意味を持つ。一方で、類似の苧環型説話である弟日姫子譚の背後には「針」が殺傷性に繋がる表現性を有することがあり、「針」が表われない本譚は、弟日姫子の死という結果で閉じられる。

第一節―二では、『肥前国風土記』松浦郡条に見える弟日姫子譚について見た。は、宣化天皇の時代の松浦郡篠原村の弟日姫子と大伴狭手彦との別離譚とその後日譚によって構成される。舞台となる褶振峰（鏡山）は、見晴らしがよく、風土記が記された当時は周辺に集落が営まれ、峰も人々の生活に活用されていた。弟日姫子譚は、その峰に棲むおそろしい異形の蛇が、姿を見せなくなった理由を語る話として述作されたと考えられる。

峰に棲む「身人・頭蛇」の者が、狭手彦の姿となって弟日姫子のもとを訪れた原因は、前半の別離譚において弟日姫子が狭手彦の形見の「鏡」を川に落とし、峰で「褶」振りを行った、その二つの行為にあると解される。弟日姫子の「褶」振りは、決して戻ることのない相手が戻ることをなお願いつつ、その思いを伝えるための行為であった。しかし、「褶」を振る行為は、本来、対象を鎮めたり振り起こしたりする呪的な意味を有する。それが峰で行われたことによって、「褶」振りの呪的な影響は、峰に棲む「身人・頭蛇」の者の魂と境界域である栗川に沈んだ「鏡」に込められた魂にあらわれたと考えられる。「鏡」は映した者の魂を内在させるものと把握されており、形見の「鏡」には狭手彦の姿がとどめられていたであろう。異形の蛇は、「褶」振りによって呼び寄せられ、狭手彦の姿が映し出された「鏡」を見たためにその姿で弟日姫子の前に現われたという展開が読み取れる。異形の蛇は、弟日姫子を殺して姿を消す。村の人々によって築かれた弟日姫子の墓は、そのことを伝えると同時に、峰が異形の蛇の棲む異界であることを伝えるものでもあった。土地の実情に即した『肥前国風土記』における伝承の記述方法が窺われた。それは、三輪山伝説において神の姿を表わす「針」の存在がここでは記されない理由を考えさせもする。

第二節では、『古事記』『日本書紀』『肥前国風土記』の三書に記載されている神功皇后の年魚釣り譚について、『肥前国風土記』松浦郡条を中心に、内容の重なる『日本書紀』と比較しつつ、その記載意図を検討した。最後に『古事記』の記載意図についても触れた。

豊饒を予祝する意義を有する行事の起源を、三書はそれぞれの意図において伝えている。『肥前国風土記』と『日本書紀』で、神功皇后が行う新羅遠征の成功を占う釣りは、ウケヒの構造を有している。ただし、『肥前国風土記』が神功皇后の占いの発言を「祝」と表記することは、ウケヒの中でも豊穣に繋がる吉を願う判断であることを示している。そして、「針を勾げた鉤」は川に投げ入れられる前に、捧げられる。その行為によって、「針を勾げた鉤」は豊穣をもたらす呪具となり、「飯粒」「裳の糸」にもそれは聯想される。それらの「もの」が神功皇后の「祝日」という呪言と共に、豊穣を表象する奇瑞を生んでいることが、予祝を模倣する四月の年中行事の継承に繋がることを示している。一方、『日本書紀』は占いを「祈《うけひ》」としている。皇后の釣りを土地の行事の「起源」としてよりも、神功皇后の新羅遠征の業績が行事という形で残っていることを中央政権の立場から記述しているためと考えられる。また、『古事記』は、釣りが戦勝の占いであるとはせず、応神天皇の出生と関わる「裳」への視点が強調される。それは、「粒」の豊穣性と繋がり、来るべき応神天皇の治世を予祝する内容としてあるといえる。

『古事記』『日本書紀』の二書は史書として、年魚釣りの行事の起源譚を利用する。それらと比較したとき、地誌としての『肥前国風土記』は豊饒の予祝を起源とする土地の行事である年魚釣りについて、より本来的な意義を伝える意図を有しているといえる。

以上、『古事記』『日本書紀』『風土記』に記載される神話・伝説、および『萬葉集』に見られる伝説的な要素として、それらにおける「もの」の表現性について「杖」「剣」「針」「鉤」を対象として検討した。古代における「もの」の表現が、神話的な発想を踏まえて、或はそこから脱して現実と連続する伝説における表現性を持つという展開を有することへの可能性の一端を示しえた。

また、『古事記』『日本書紀』『風土記』が「もの」を通して表現する場合に、「もの」の表現性は、伝承を伝える文章の要請に応じて変化を見せ、時代性・地域性による展開が見られることを考証した。『日本書紀』が史実を忠実に記す方法を志向するのに対し、『古事記』はそれを緻密に再構成し、結果として文芸性の高い作品となっていることは、三輪山伝説の「針」などにも顕著に見られた。記紀の方法については、さらなる表現の分析を今後の課題としたい。

また、地誌である『風土記』に対して、文学的志向をもって神話・伝説を記したものであるという視点を持つとき、それは内容だけでなく、「もの」の表現においても『古事記』や『日本書紀』に並ぶ工夫が試みられたことが見えてくる。地方ごとの筆録者の問題はあるが、土地の伝承を中央に示そうとする意識は同様に持たれたはずであり、その文章には当時の神話・伝説における「もの」の表現の一端を窺えると思われる。

さらに、『萬葉集』においては、神話や伝説の世界は実際にそこに在るものでは無く、距離をもって顧みられるものであった。それを如何に取り込むかという工夫が、歌の表現に大きく作用することが「もの」の分析から窺われた。本書で取り上げたのは一首のみであるが、それは、古代の文学が到達した表現の方法を解明することに繋がると予想され、そうした見通しのもと、今後、検討の対象として広げて行くことを視野に入れたい。

初出一覧

序章　書き下ろし

第一章　「もの」の表象性と表現方法

第一節　杖考

『常陸国風土記』夜刀神伝承

「杖—夜刀神伝承をめぐって—」　『萬葉語文研究』第三集　和泉書院　平成一九年六月

第二節　剣考(1)

一　『古事記』建御雷神の神話　書き下ろし

二　『古事記』倭建命の「御刀」　書き下ろし

第三節　剣考(2)

一　『播磨国風土記』異剣伝説

「『播磨国風土記』異剣伝説をめぐって」　『風土記研究』三七号　平成二六年一月

二　『萬葉集』「境部王詠二数種物一歌一首」　書き下ろし

初出一覧

第二章 「もの」への類感と表現方法

第一節 針考

一 『古事記』三輪山伝説

「針考―三輪山伝説をめぐって―」 『萬葉』二〇九号 平成二三年

二 『肥前国風土記』弟日姫子譚

「弟日姫子譚」をもとに全面改稿 『国文目白』五〇号 平成二三年二月

第二節 鉤考

『肥前国風土記』神功皇后の年魚釣り譚 書き下ろし

終章 書き下ろし

あとがき

本書は、「もの」の表現の分析を通して、神話や伝説の表現の方法の考察を試みたものである。本書の内容は、同題で平成二十五年度に、日本女子大学博士（文学）学位請求論文（主査　平舘英子先生、副査　石井倫子・高野晴代・永村眞・内田賢徳各先生）として提出したものが基となっている。審査にあたり、ご懇切にご指導くださった先生方に、厚くお礼申し上げる。本書への収録に際しては、既発表のものに関しては、もとの論文に拠りつつ必要に応じて加筆・訂正した。論文の初出については、一覧にまとめた。

もとより、「表現の方法」という大きなテーマの一端に触れたにすぎず、克服すべき課題は山積みであるが、民俗学的な素材として見られることの多い「もの」が文学作品の表現としてどのように在るか、ということを問題の出発とし、主に真直な形状の「もの」を対象に考察を進めた結果として、まずは一書にまとめた。

＊　　＊

このような著作とすることがかないましたのは、平舘英子先生のご懇篤なるお教えの賜物です。文学を研究することの魅力と方法をお教えいただいてより、ともすれば迷いがちになる思考を、その都度ただしていただき、終始、変わらぬ情熱でお導きくださいました。また、内田賢德先生、芳賀紀雄先生には、折に触れ、あたたかいご指導を賜りました。またさらには、所属する学会や研究会におきまして、多くの先生方にご示教を賜りました。深く感謝申し上げる次第です。学部生の頃、藤原茂樹先生のご講義を拝聴したことが、現在へと至るきっかけとなりましたことを、感謝とともに附記します。

末尾になりましたが本書の出版をお許しくださり、編集・校正の労をお取りくださいました塙書房の白石タイ社長、寺島正行氏にお礼申し上げます。

平成二十九年三月

岩田芳子

なお、本書の刊行にあたって、日本女子大学総合研究所より『日本女子大学叢書 19』として刊行助成の交付を受けた。

索　　引

I　神名・人名索引

『古事記』『日本書紀』『風土記』『萬葉集』『懐風藻』『日本霊異記』を対象とする。

あ行

な行

は行

ま行

や行

II　書名索引

近世以前のものを対象とする。記紀歌謡番号は、日本古典文学大系『古代歌謡集』による。

さ行

た行

な行

は行

ま行

や行

ら行

わ行

岩田　芳子（いわた　よしこ）

略歴
1982年　千葉県に生まれる
2005年　日本女子大学文学部卒業
2011年　日本女子大学大学院文学研究科日本文学専攻博士課程後期満期退学
2015年　日本女子大学博士（文学）
現　在　日本女子大学文学部助教（2014年より）

古代《こだい》における表現《ひょうげん》の方法《ほうほう》

2017年3月23日　第1版第1刷

著　者　岩田芳子
発行者　白石タイ
発行所　株式会社　塙書房
〒113-0033　東京都文京区本郷6丁目8-16
電話　03(3812)5821
FAX　03(3811)0617
振替　00100-6-8782

日本女子大学叢書　19

亜細亜印刷・弘伸製本

定価はケースに表示してあります。落丁本・乱丁本はお取替えいたします。

ISBN978-4-8273-0125-0　C3091